# MEURTRE
# À
# CANTERBURY

*DANS LA MÊME COLLECTION :*

- ❑ N° 1 — HIGGINS MÈNE L'ENQUÊTE
- ❑ N° 2 — MEURTRE AU BRITISH MUSEUM
- ❑ N° 3 — LE SECRET DES MAC GORDON
- ❑ N° 4 — CRIME À LINDENBOURNE
- ❑ N° 5 — L'ASSASSIN DE LA TOUR DE LONDRES
- ❑ N° 6 — LES TROIS CRIMES DE NOËL
- ❑ N° 7 — MEURTRE À CAMBRIDGE
- ❑ N° 8 — MEURTRE CHEZ LES DRUIDES
- ❑ N° 9 — MEURTRE À QUATRE MAINS
- ❑ N° 10 — LE MYSTÈRE DE KENSINGTON
- ❑ N° 11 — QUI A TUÉ SIR CHARLES ?
- ❑ N° 12 — MEURTRES AU TOUQUET
- ❑ N° 13 — LE RETOUR DE JACK L'ÉVENTREUR
- ❑ N° 14 — MEURTRE CHEZ UN ÉDITEUR
- ❑ N° 15 — MEURTRE DANS LE VIEUX NICE
- ❑ N° 16 — QUATRE FEMMES POUR UN MEURTRE
- ❑ N° 17 — LE SECRET DE LA CHAMBRE NOIRE
- ❑ N° 18 — MEURTRE SUR INVITATION
- ❑ N° 19 — NOCES MORTELLES À AIX-EN-PROVENCE
- ❑ N° 20 — LES DISPARUS DU LOCH NESS
- ❑ N° 21 — L'ASSASSINAT DU ROI ARTHUR
- ❑ N° 22 — L'HORLOGER DE BUCKINGHAM
- ❑ N° 23 — QUI A TUÉ L'ASTROLOGUE
- ❑ N° 24 — LA JEUNE FILLE ET LA MORT
- ❑ N° 25 — LA MALÉDICTION DU TEMPLIER
- ❑ N° 26 — CRIME PRINTANIER
- ❑ N° 27 — TIMBRE MORTEL
- ❑ N° 28 — CRIME AU FESTIVAL DE CANNES
- ❑ N° 29 — BALLE MORTELLE À WIMBLEDON
- ❑ N° 30 — HIGGINS CONTRE SCOTLAND YARD
- ❑ N° 31 — MEURTRE DANS LA CITY
- ❑ N° 32 — UN PARFAIT TÉMOIN
- ❑ N° 33 — MEURTRE SUR CANAPÉ
- ❑ N° 34 — LE CRIME D'IVANHOÉ
- ❑ N° 35 — L'ASSASSIN DU GOLF
- ❑ N° 36 — MOURIR POUR LA COURONNE
- ❑ N° 37 — UN CADAVRE SANS IMPORTANCE

Vous pouvez trouver tous ces titres en librairie.
Mais vous pouvez aussi les acheter par correspondance.
Un bon de commande se trouve à la fin de ce volume.

J.B. LIVINGSTONE

# MEURTRE À CANTERBURY

EDITIONS GERARD DE VILLIERS

ISBN 2-7386-5854-7

*Plus l'homme est vertueux,*
*plus il se sépare de ses semblables.*

Henry Hathaway, cinéaste.

# CHAPITRE PREMIER

Le révérend Bryan Johnson était au bord des larmes. À soixante-cinq ans, il vivait le plus grand moment de son existence.

Petit, plutôt nerveux, un visage banal perpétuellement animé par un sourire que les uns qualifiaient d'angélique et les autres de niais, le menton toujours marqué de coupures infligées par un rasoir dont il ne saurait jamais se servir, des yeux bleus et myopes protégés par des lunettes aux verres épais, les cheveux tirant sur le blond, le révérend Bryan Johnson était vêtu d'un costume noir sur mesure. C'était la seule coquetterie qu'il s'autorisait.

Son col blanc amidonné lui serrait un peu trop la gorge, ce soir-là ; l'émotion, sans doute. Le révérend n'était pas exempt de péchés, et il venait peut-être d'en commettre un qu'il aurait à regretter ; mais il avait été sincère, avait dit ce que tout homme d'Église aurait dû dire, et ne regrettait rien.

Et puis ce n'était pas le moment d'y penser. Seul comptait ce moment de grâce où, dans la cathédrale de Canterbury presque déserte, il allait faire offrande de son grand œuvre.

En raison de travaux de réfection et de restauration, l'édifice religieux le plus célèbre du Royaume-Uni était fermé au public pour une courte période. Par bonheur, le révérend Bryan Johnson avait obtenu, sans aucune peine, l'autorisation d'entrer dans la cathédrale. Ne pas être dérangé par la foule était un privilège qu'il appréciait à sa juste valeur. Il avait l'impression que l'édifice lui appartenait, que la présence du Seigneur et des anges était beaucoup plus perceptible ; théologien et historien de réputation internationale, le révérend avait passé le plus clair de son temps dans les bibliothèques et goûtait assez peu la fréquentation de ses semblables qui formaient pourtant le troupeau de Dieu et qu'il devait donc aimer sans retenue.

Mais l'être qu'il vénérait n'était plus de ce monde et l'avait même quitté depuis fort longtemps, puisqu'il s'agissait de l'archevêque Thomas Becket, assassiné à l'intérieur même de la cathédrale de Canterbury, le 29 décembre 1170. Une date bien lointaine, mais que personne n'avait oubliée, comme si Thomas Becket demeurait l'éclatant symbole de l'être juste et droit, tué au nom de la raison d'État.

Thomas Becket avait pourtant rempli les fonctions de chancelier d'Angleterre, à la cour de son ami, le roi Henri II ; mais tout avait fini par opposer les deux hommes, et la haine s'était emparée du cœur du roi Henri au point de l'inciter, selon les historiens les plus pessimistes, à commanditer le crime de son ami Thomas ; d'autres estimaient que les meurtriers avaient agi de leur propre chef, à la suite d'une violente querelle avec l'archevêque. Mais ces monstres avaient osé le frapper à l'intérieur de sa cathédrale, dans une enceinte sacrée, sous le regard de Dieu !

L'horreur de ce crime, la violation d'un lieu saint, la barbarie déployée hantaient encore les mémoires. Pour une fois, le temps n'avait pas tout effacé, et le manuscrit que venait de terminer le révérend Bryan Johnson contribuerait à raviver les souvenirs, à rectifier certaines erreurs et à mettre définitivement en lumière la vérité historique.

Ce manuscrit, le révérend voulait l'offrir à l'âme de saint Thomas Becket et obtenir sa bénédiction, dans le silence de la crypte de la cathédrale, à l'emplacement même du tombeau du martyr. Auparavant, pour que son pèlerinage fût complet, le révérend progresserait à petits pas dans l'immense nef, contournerait le jubé, longerait le chœur en empruntant un bas-côté, passerait devant le tombeau de l'archevêque Méopham et la chapelle Saint-Anselme, et se remettrait dans l'axe pour pénétrer dans la chapelle de la Trinité, entre le tombeau d'Henri IV et celui du Prince Noir.

Son parcours rituel s'achevait, et il se trouvait face à l'emplacement du reliquaire de saint Thomas Becket, conservé à cet endroit entre 1220 et 1538.

Alors que le révérend Bryan Johnson s'agenouillait, une rage froide l'envahit. 1538, date maudite ! Jusqu'alors, la châsse miraculeuse de Becket avait attiré de nombreux pèlerins ; mais un autre Henri, Henri VIII, aussi païen que l'assassin de Thomas Becket, avait osé démolir l'inestimable châsse et voler ses trésors ! Le nombre de pèlerins n'avait pas diminué, bien au contraire, mais le reliquaire était à jamais perdu, comme si le démon continuait à s'acharner sur l'archevêque assassiné.

Pourtant, sa mémoire et son culte avaient défié les siècles, et le révérend Bryan Johnson se sentait fier d'apporter une nouvelle pierre à l'édifice. La cathédrale entière n'était-elle pas devenue l'immense châsse célébrant la gloire du martyr ?

La chapelle de la Trinité, œuvre de l'architecte Guillaume l'Anglais qui avait complété le chœur créé par le Français Guillaume de Sens, offrait un extraordinaire pavage, mêlant de multiples formes géométriques, avec une science remarquable des nombres et des proportions ; ce chef-d'œuvre était destiné à mettre en valeur le reliquaire de saint Thomas Becket, situé à l'aplomb de la clé de voûte d'où pendait à présent un lustre moderne d'un effet douteux. À force de recherches, le révérend proposait dans son livre une reconstitution de la châsse d'origine qui remplirait peut-être un jour ce vide douloureux.

Une douce lumière filtrée par les vitraux baignait le révérend agenouillé qui murmura une prière, implorant le martyr de lui accorder sa protection ici-bas et dans l'au-delà.

Soudain, il ressentit une présence.

Il y avait quelqu'un, tout près.

Quelqu'un... Était-ce possible, était-ce un miracle, le miracle des miracles qui verrait saint Thomas Becket descendre du haut des cieux pour bénir son biographe ? Non, le révérend Bryan Johnson ne rêvait pas ; il y avait bien quelqu'un qui s'approchait, le miracle se produisait !

Quelque chose fendit l'air et s'abattit sur son crâne, faisant jaillir le sang ; le révérend Bryan Johnson poussa un cri de douleur, mais l'assassin s'acharna. La vue du révérend se brouilla, il lâcha son manuscrit — une centaine de feuillets reliés avec soin — poussa un nouveau cri et mourut, surpris d'être le nouveau martyr de la cathédrale de Canterbury.

## CHAPITRE II

La tâche de l'ex-inspecteur-chef Higgins s'annonçait particulièrement complexe, voire aux limites du possible. Néanmoins il affronterait l'obstacle avec tout le courage et toute la détermination dont il était capable. En certaines circonstances, et celle-là en était une, il ne fallait pas tenir compte de la devise « à l'impossible nul n'est tenu ».

Plutôt trapu, de taille moyenne, les cheveux noirs, les tempes grisonnantes, la lèvre supérieure ornée d'une moustache poivre et sel taillée et lissée à la perfection, aussi élégant en smoking qu'en vêtements de jardinier, l'œil vif et parfois malicieux, Higgins était toujours considéré comme le meilleur « nez » de Scotland Yard, bien qu'il eût pris une retraite anticipée, en raison d'un désaccord fondamental avec les autorités administratives. Quelles que fussent les raisons invoquées, il y avait certains principes avec lesquels l'ex-inspecteur-chef ne transigerait jamais, fût-ce au prix d'une carrière qu'on lui avait pourtant annoncée particulièrement brillante.

Loin du bruit et de l'agitation de Londres, Higgins

coulait des jours heureux dans son domaine familial de The Slaughterers, dans le Gloucestershire ; il prenait enfin le temps de s'occuper de sa pelouse et de sa roseraie, faisait de longues promenades en forêt où il rencontrait un vieux sanglier solitaire, relisait les bons auteurs et dialoguait, au coin du feu, avec Trafalgar, un magnifique siamois aux yeux bleus, épris de bonne cuisine.

Né sous le signe du chat, selon l'astrologie orientale, Higgins aimait sa vieille demeure au toit d'ardoise, aux murs de pierre blanche et au porche soutenu par deux colonnes ; des fenêtres XVIIIe à petits carreaux rythmaient deux étages disposés selon le Nombre d'Or, de hautes cheminées de pierre se dressaient, immuables, vers les nuages chargés de pluie. Était-il plus grand plaisir que d'admirer un rideau de perles d'eau décorer la ramure des chênes centenaires ? Quand il franchissait le petit pont de bois qui enjambait la minuscule rivière Eye, Higgins songeait souvent à son cercle d'amis pour lesquels la rectitude, la loyauté et quelques autres valeurs désuètes occupaient le premier rang.

Avec ses 7°C aux heures les plus chaudes, ce mois de mai, modérément pluvieux, était assez printanier, et autorisait de longues et délicieuses soirées devant la grande cheminée du salon. Mais ces petites joies semblaient presque inaccessibles lorsque l'ex-inspecteur-chef songeait à la négociation qu'il allait entreprendre avec Mary.

Mary, l'inflexible gouvernante du domaine.

À soixante-dix ans, après avoir traversé deux guerres mondiales, un nombre incalculable de crises économiques et de scandales divers, elle avait toujours bon pied bon œil ; ignorant jusqu'à la notion même de maladie et persuadée que l'arthrose dont souffrait Higgins était une maladie imaginaire, elle traversait l'existence avec l'imperturbable assurance des gens qui croient en Dieu et en l'Angleterre.

Adepte du progrès et d'inventions aussi déplorables que le téléphone et la télévision, elle avait son domaine et Higgins le sien. Considérant Scotland Yard comme un repaire de brigands, Mary lisait avec avidité les chroniques sulfureuses du *Sun*, où les agressions et les crimes occupaient souvent la une.

— Puis-je vous parler un instant ? lui demanda Higgins.

— Il s'agit encore de votre maudit chat, je pense ! Il est l'heure de préparer le déjeuner, je suis occupée.

— Justement.

— Justement... Que voulez-vous dire ?

— Je souhaitais précisément vous parler du déjeuner.

— Auriez-vous un reproche concernant ma cuisine ?

— Certes pas, vous êtes un cordon-bleu, comme on dit en France.

— Il est hors de question de contester les horaires des repas ; ils n'ont jamais varié et ne varieront pas.

— Telle n'est pas mon intention.

Les poings sur les hanches, drapée dans son corsage rouge, sa robe bleue et un tablier blanc, Mary parut troublée.

— Alors, de quoi s'agit-il ?

— Vous savez que je n'utilise aucun pesticide dans ma roseraie.

— Il ne manquerait plus que ça !

— Le printemps est un peu plus humide que d'ordinaire, vous l'avez noté ; aussi certaines espèces, comme les escargots, ont-elles tendance à proliférer.

L'œil de Mary noircit ; l'instant critique approchait.

— J'en ai ramassé plus d'une centaine et...

— Vous n'avez pas l'intention de me demander de préparer des escargots... pour les manger ?

Higgins, comme il se l'était promis, ne recula pas devant l'obstacle.

— La préparation est longue, reconnut l'ex-inspecteur-chef ; avant d'être cuits, les escargots doivent être aussi brillants que des perles, et il faut utiliser de l'ail et du persil frais en abondance. Servis avec de la salade cueillie du matin, un fromage frais, une coupelle de clous de girofle pour l'haleine et un vin rouge charpenté et capiteux comme le minervois, ils forment un mets savoureux. Je suis persuadé que vous connaissez la recette et que vous la réaliserez à la perfection.

— C'est une recette française !

— Exact, reconnut Higgins, mais l'exotisme est parfois amusant.

L'ex-inspecteur-chef ne pouvait avouer à Mary qu'il venait de recevoir une lettre de sa grande amie de Pézenas, délicieuse et secrète ville française du Sud-Ouest, une missive dans laquelle elle évoquait cette recette qui avait enchanté le palais de Higgins bien des années auparavant, et à laquelle il avait envie de goûter à nouveau.

« C'est cette lettre, pensa Mary, cette lettre qui lui a fourré cette idée diabolique dans le crâne ! Une Française... Qu'a-t-il besoin d'entretenir une correspondance avec une Française ? Comme s'il n'y avait pas en Angleterre assez de vieilles ladies pour être des amies convenables ! Il est évident que cette Française, comme les autres, ne sait même pas préparer un honnête pudding ! »

— Puis-je compter sur votre talent, Mary ? demanda Higgins en lui présentant un panier rempli de petits-gris.

— Par moments, vous exagérez !

La gouvernante s'empara du panier et s'engouffra dans sa cuisine. Soulagé, Higgins s'apprêtait à se retirer dans son domaine lorsque retentit la sonnerie aigrelette du téléphone. Il se figea sur place, espérant que l'appel ne le concernait pas.

Mais Mary réapparut.

— C'est pour vous, le superintendant Marlow.

Le superintendant de première classe Scott Marlow, bien qu'il s'habillât de manière plutôt déplorable et éprouvât un goût immodéré pour la police dite « scientifique », était un professionnel sérieux et consciencieux, qui considérait son métier comme une véritable vocation. Il avait installé un lit de camp dans son bureau de Scotland Yard et ne comptait plus depuis longtemps ses heures de travail.

Higgins prit le combiné.

— Une catastrophe, dit la voix tremblante de Scott Marlow, une véritable catastrophe ! Vous m'entendez, Higgins ?

— Mais oui, superintendant.

— J'aurais aimé vous voir au plus vite. Je sais, je sais, vous êtes à la retraite, mais c'est si grave...

L'ex-inspecteur-chef hésita.

— Aimez-vous les escargots, mon cher Marlow ?

# CHAPITRE III

Scott Marlow était stupéfait.

— Fameux... C'est vraiment fameux !

Les poings sur les hanches, Mary observait les réactions du superintendant, dont elle appréciait le robuste appétit. Bien qu'il appartînt à Scotland Yard, elle lui accordait un certain crédit moral, en raison de son attachement marqué aux valeurs de l'époque victorienne.

— Vrai ? demanda-t-elle.

— Ce sont vraiment des escargots ?

— Je les ai préparés moi-même.

— Étonnant... Jamais je n'aurais cru que c'était comestible.

Même Trafalgar, lové sur les genoux de Higgins, avait eu le droit de goûter au plat exotique, non sans avoir dégusté au préalable un saumon frais nappé d'une sauce aux herbes.

— Il ne faudrait pas s'égarer dans ce genre de cuisine, jugea Mary, car elle doit être mauvaise pour les humeurs. Après ces amuse-gueules, il est temps de vous servir un rôti de bœuf avec des carottes et des navets.

— Volontiers, approuva Marlow, qui buvait le minervois comme de l'eau de source.

— Vous semblez aller mieux, constata Higgins ; quand vous êtes arrivé, j'ai cru que vous étiez au bord du malaise.

— Mon Dieu, oui ! Une nouvelle comme celle-là...

— Vous sentez-vous en état de me décrire cette catastrophe ?

— Il le faut bien... Vous n'imaginez pas, Higgins !

— Je suis tout ouïe.

— Connaissez-vous un ecclésiastique du nom de Bryan Johnson ?

L'ex-inspecteur-chef réfléchit quelques instants.

— J'ai une mauvaise mémoire, mais ne s'agit-il pas d'un révérend d'une soixantaine d'années considéré comme un théologien de premier plan ?

— C'est bien lui.

— Aurait-il commis un écart spirituel inqualifiable ?

— Il est mort, Higgins. Mort assassiné. Assassiné dans la cathédrale de Canterbury.

— C'est fâcheux.

— Fâcheux... Vous voulez dire effroyable ! Canterbury est le siège majeur de l'Église d'Angleterre, dont la reine elle-même est Gouverneur général !

Aux yeux de Scott Marlow, Elisabeth II était la plus belle femme du monde ; le superintendant rêvait d'appartenir un jour au corps spécial chargé d'assurer sa protection rapprochée ; encore fallait-il avoir une carrière impeccable que n'entacherait aucune faute grave.

— Un meurtre dans la cathédrale de Canterbury... Vous vous rendez compte ?

— C'est assez inhabituel, en effet ; depuis l'assassinat de Thomas Becket, l'endroit semblait plutôt calme. Mais un archevêque autrefois, aujourd'hui un révérend... La cathédrale est plutôt dangereuse pour les religieux. Quand le drame s'est-il produit ?

— Dans la soirée d'hier.

— La presse va s'en emparer avec délectation.

— Par bonheur, la cathédrale est actuellement fermée pour travaux, et l'information n'a pas filtré ; il est peut-être possible d'agir très vite et d'éviter un épouvantable scandale.

— Pourquoi cet optimisme relatif ?

— Parce que nous connaissons l'assassin.

— Excellente nouvelle, superintendant ! Vous n'avez donc pas besoin de moi.

— Je me suis mal exprimé ; je veux dire que nous possédons une liste de suspects et que l'assassin figure forcément parmi ces derniers.

— Pourquoi cette certitude ?

— C'est tout simple : comme je vous l'ai signalé, la cathédrale était fermée, mais quelques personnes y travaillaient, à l'heure du crime. Avant de mourir, le révérend Bryan Johnson a poussé des cris ; Nataniel King, conducteur de travaux, les a entendus et, dans un réflexe, a fermé l'unique porte de la cathédrale par laquelle l'assassin aurait pu sortir. Plus ou moins affolées, les autres personnes présentes se sont rassemblées, mais leurs témoignages sont plutôt confus, d'après la police locale qui m'a adressé un rapport ultra-confidentiel et peu circonstancié. Et puis il y a un gros problème... Un conflit entre la police et les autorités ecclésiastiques. On nous appelle au secours, Higgins ; la situation est explosive.

— Vous a-t-on communiqué l'identité des « témoins ? »

Le superintendant consulta une fiche.

— Amélia Keates, une jeune femme, spécialiste de la restauration des vieilles pierres ; Chester Rockson, chef du pèlerinage de Canterbury ; Tracy Richard, un artiste plutôt bizarre ; Winston Silvester, docteur en théologie ; Philip Davies, organiste ; Vanessa Marlott, une extralucide.

— Une extralucide, dans la cathédrale ?

— Je n'en sais pas davantage, Higgins.

— L'Identité judiciaire a-t-elle fait son travail ?

— Je lui ai demandé d'intervenir et j'ai également donné l'ordre de boucler tous les témoins.

— Vous avez dû provoquer un certain mécontentement.

— Je prends le risque. J'ai un pressentiment, Higgins... Pour identifier l'assassin, il faut faire vite, très vite, avant que ces gens-là ne se dispersent. Sans votre aide, je crains de ne pouvoir y parvenir.

— Je ne suis pas Dieu le Père, mon cher Marlow.

— Vous avez l'expérience de ces situations délicates. Je respecte la religion, bien sûr, mais ce n'est pas mon fort... Et, dans quelques heures, avocats et journalistes entreront en scène ! Les rumeurs les plus folles se répandront, l'Église sera déstabilisée, le scandale touchera peut-être Sa Majesté...

Scott Marlow semblait déprimé, malgré le minervois qui avait pour réputation, justifiée, de chasser les idées sombres.

— Avez-vous prévenu Babkocks ?

— Il est déjà parti pour Canterbury.

— Eh bien, nous allons le rejoindre.

Un large sourire illumina le visage du superintendant.

— Vous avez bien dit : *nous* ?

— Je n'ai pas l'habitude d'abandonner un collègue honnête en détresse.

# CHAPITRE IV

La vénérable Bentley de Scott Marlow, achetée d'occasion à un revendeur douteux, roulait à pleine vitesse sur les jolies routes du Kent, que l'on qualifiait souvent de « jardin de l'Angleterre ». Dopée par l'air de la campagne et la présence de Higgins, son hôte préféré, la vieille voiture ressentait une nouvelle jeunesse circuler dans les pièces de son moteur.

Le paysage ne se prêtait guère à des investigations criminelles ; la douceur des vallons, la tendresse des bois et des haies, la discrétion des fermes, le charme des vergers composaient une nature délicate et nuancée où l'on avait envie de méditer. C'était là, sans nul doute, qu'était né le flegme britannique.

Et trônait comme reine de cette province la cathédrale de Canterbury, capitale spirituelle de l'Angleterre, fondée en 597 par saint Augustin ; les grands travaux n'avaient pris fin qu'au début du XVIe siècle, au terme de la fabuleuse épopée des cathédrales pendant laquelle la foi avait permis de soulever des montagnes de pierre, grâce aux prodigieuses connaissances techniques des maîtres d'œuvre et des bâtisseurs. Et puis le monde avait changé, accordant de plus en plus de place à l'argent et au commerce, les croyances avaient évolué, mais la cathédrale de Canterbury avait traversé les siècles, immuable et indifférente aux modes. Certes, le progrès technique avait pointé le nez, par exemple lors de la création de la première ligne ferroviaire britannique partant de Canterbury et aboutissant à Whitstable; mais la locomotive avait été assez vite remplacée par des chevaux. Même si le chemin de fer avait repris le dessus, la cité médiévale demeurait ancrée dans ses certitudes d'antan.

Higgins songea avec émotion à la plus vieille église de la ville, qui n'était pas la cathédrale, mais Saint-Martin, déjà considérée comme un très vieil édifice par l'érudit Bède, écrivain du VIII^e siècle; il était la simplicité et le dépouillement, face à la splendeur de l'immense vaisseau, et faisait oublier que Westgate, la porte colossale de l'agglomération, abritait un musée où étaient exposés des instruments de torture.

Scott Marlow n'avait ni le goût ni le loisir de faire du tourisme et roula à vive allure jusqu'au poste de police où régnait une atmosphère sinistre. L'inspecteur chargé de l'enquête reçut aussitôt Marlow et Higgins; fumant cigarette sur cigarette, il était en proie au stress le plus manifeste.

— Ah, superintendant... Vous avez bien reçu mon rapport?

— Les témoins sont ici?

— Euh... non.

— Comment, non?

— C'est-à-dire... L'archevêché a pris l'affaire en main.

— Qu'est-ce que vous racontez ?

— Nous sommes à Canterbury, inspecteur, et nous ne pouvons pas passer outre l'avis de l'archevêque. Il a préféré loger les témoins dans un bâtiment appartenant à l'Église, de manière à éviter toute fuite indésirable... Leur présence ici aurait pu mettre la puce à l'oreille des journalistes.

— L'Identité judiciaire vous a-t-elle remis son rapport ?

— Euh... non.

— Qu'est-ce qu'elle attend pour faire son travail ?

— C'est-à-dire... Les autorités religieuses lui ont interdit l'accès de la cathédrale. À cause d'un éventuel scandale, vous comprenez... Officiellement, l'édifice est fermé pour travaux, et il n'y a aucun incident.

— Par saint George, ça ne se passera pas comme ça ! Emmenez-nous à la morgue, nous voulons voir le corps.

— Ce... ce n'est pas utile.

— Comment, pas utile ! Vous vous moquez de moi, mon garçon ?

— Oh non, superintendant... Mais le cadavre n'y est pas.

— Mais qu'est-ce que vous racontez !

— L'archevêché a pensé que le transport du cadavre du révérend à la morgue attirerait l'attention. Il a préféré agir autrement.

— Autrement... Mais dans quel pays sommes-nous ? Et vous avez accepté ça !

— Vous comprenez, à Canterbury...

— Avez-vous vu un légiste venu de Londres ? demanda Higgins.

— Non, répondit l'inspecteur.

— Il ne manquait plus que ça, déplora Marlow, tourneboulé ; si, en plus, Babkocks s'est perdu en route ! Ces fameuses autorités ecclésiastiques, on peut les voir ?

— Oh oui, superintendant ! Elles attendent des huiles du Yard pour faire le point.

— Vraiment ? Eh bien, ne les faisons pas attendre davantage !

⁂

Ils étaient cinq.

L'archevêque et ses proches collaborateurs, au nombre de quatre, deux à sa droite, deux à sa gauche, assis à une table octogonale. Aux murs de la salle d'audience, des images pieuses. Le prélat était un homme sans âge, élégant et racé.

Les présentations se firent sur un ton feutré, parfaitement détaché, comme si l'on se contentait d'échanger des banalités entre gens de qualité.

— Inspecteur Higgins... J'ai beaucoup entendu parler de vous.

— C'est trop d'honneur, Éminence.

— Si j'ose m'exprimer ainsi, il paraît que vous faites parfois des... miracles.

— C'est trop dire, Éminence.

— Sans blasphémer, j'espère que non ; comme vous-même et votre collègue avez dû l'apprendre, nous sommes dans une situation que l'on peut qualifier de... critique.

— Nous en avons bien conscience.

— C'est même une sorte de cauchemar. Nous comptons sur vous pour le dissiper.

— Le superintendant Marlow et moi-même ferons tout ce qui est de notre pouvoir pour vous donner satisfaction.

— Nous avons déjà beaucoup prié, mais je crains que cette démarche, bien que nécessaire, ne soit pas suffisante. Bien sûr, la police, un crime, la violence... Ce n'est pas l'univers de l'Église et de la cathédrale, et nous sommes bouleversés.

— C'est bien naturel.

— Insisterai-je assez sur la nécessité absolue d'une enquête très rapide et d'une parfaite discrétion ?

— Soyez tranquille, Éminence ; nous apprécions la situation à sa juste mesure.

— Vous m'en voyez rassuré.

— Néanmoins...

L'assemblée ecclésiastique tendit l'oreille.

— Néanmoins, Éminence, il existe quelques petits problèmes techniques qu'il sera difficile d'éluder.

— Par exemple, inspecteur ?

— Par exemple, la disparition du cadavre de la victime.

# CHAPITRE V

L'archevêque demeura d'un calme olympien.

— Rassurez-vous, inspecteur, le cadavre de notre malheureux frère Bryan n'a pas disparu.

— Pourriez-vous nous indiquer l'endroit où il se trouve ?

— Dans une clinique tenue par des sœurs. Vous admettrez que l'intervention des services techniques de la police et un transfert à la morgue eussent causé un désordre insupportable et nuit gravement à la sérénité de l'Église.

Scott Marlow bouillait, se demandant comment Higgins pouvait garder son sang-froid.

— Ce sont donc vos infirmières qui ont déplacé et transporté le cadavre.

— En effet, répondit l'archevêque.

— C'est relativement fâcheux, Éminence ; nos services auraient pu découvrir des indices majeurs.

— Un mort, fût-il l'un des nôtres, ne pouvait demeurer dans la cathédrale ; les sœurs ont dressé une chapelle ardente et prient pour le repos de l'âme de notre frère. Devant Dieu, pouvions-nous agir autrement ?

Le superintendant serra les poings ; peut-être l'intervention des ecclésiastiques avait-elle détruit les preuves permettant d'identifier l'assassin.

— Dès que le médecin légiste sera arrivé, annonça Higgins, il procédera à l'autopsie.

— À présent, mon fils, l'enquête relève de votre seule compétence ; je vous le répète, soyez rapide, efficace et discret.

De la poche de son imperméable Tielocken, Higgins sortit un carnet noir et un crayon finement taillé.

— Connaissiez-vous la victime, Éminence ?

— De réputation, bien sûr ; en vérité, très peu. Lors de nos rares rencontres, nous n'avons échangé que des banalités.

— Comment décririez-vous le révérend Bryan Johnson ?

— Un homme doux, affable et réservé, dont l'érudition faisait l'admiration de tous. Il vivait seul, près d'Oxford, avec sa vieille mère, décédée il y a deux ou trois ans, remplissait ses fonctions religieuses et menait des recherches historiques et théologiques dignes de la plus grande estime.

— Si je comprends bien, une carrière sans tache.

— Exactement.

— Pas le moindre incident à signaler, Éminence ?

— Pas le moindre.

Les collaborateurs de l'archevêque approuvèrent leur supérieur hiérarchique.

— Saviez-vous, Éminence, que le révérend Bryan Johnson devait se rendre à Canterbury ?

— Non, inspecteur.

— La cathédrale étant momentanément fermée

pour travaux, ne fallait-il pas une autorisation pour y pénétrer ?

— En effet; mais pour un érudit de son rang, il suffisait de la demander à mon secrétariat qui la lui a immédiatement accordée. Il n'y avait rien là d'exceptionnel.

Les collaborateurs approuvèrent derechef.

— Depuis la mort de Thomas Becket en 1170, rappela l'archevêque, la cathédrale de Canterbury est un lieu de prière et un havre de paix ; c'est pourquoi nous sommes bouleversés par ce qui s'est passé. Seule la vérité nous délivrera de ce malheur.

De l'extrémité de son crayon, l'ex-inspecteur-chef tapota sur son carnet noir.

— L'énigme semble très épaisse, Éminence ; quel être fut assez cruel pour assassiner un brave révérend en pèlerinage à Canterbury ?

— Ne se trouve-t-il pas parmi les suspects que nous avons eu la sagesse de retenir ici ?

— C'est fort probable, Éminence.

— Je vous propose une pièce pour vos interrogatoires, inspecteur ; elle présentera l'avantage de la discrétion.

— Je l'accepte bien volontiers, mais j'ai une faveur à vous demander : puisque la cathédrale est momentanément fermée au public, pourrais-je y interroger les suspects ?

Les conseillers de l'archevêque parurent fort mécontents.

— C'est une proposition... un peu incongrue.

— Je ne crois pas, Éminence. En toute bonne foi et pour protéger vos intérêts, vous avez commis un certain nombre de fautes graves que nous acceptons de passer sous silence, à condition que vous nous laissiez mener l'enquête à notre guise, *réellement* à notre guise. Il n'existe pas d'autre moyen d'obtenir la vérité, et c'est bien la vérité que vous désirez, n'est-ce pas ?

— Mais... bien entendu ! Pourtant, la cathédrale...

— Réfléchissez, Éminence : l'assassin l'a choisie comme lieu de son crime. S'il s'agit d'un hasard, peu importe ; mais s'il ne s'agit pas d'un hasard, comme nous devons le supposer au début de cette enquête, cet édifice sacré joue forcément un rôle que nous ne pouvons négliger. C'est dans ce cadre-là, et dans nul autre, que nous devons interroger les suspects. Avec un peu de chance, nous obtiendrons peut-être des aveux ; beaucoup de criminels sont fragiles et, replacés dans le contexte de leur acte, finissent par soulager leur conscience. Si l'assassin est un être froid et sans scrupules, espérons qu'il commettra une erreur. Et où la commettra-t-il, sinon dans la cathédrale ?

Les ecclésiastiques se consultèrent du regard ; l'archevêque trancha.

— Requête accordée, inspecteur. Je vous remets moi-même la clé qui vous permettra d'entrer dans la cathédrale par le sud-ouest.

— Merci de votre collaboration, Éminence ; le superintendant m'amènera les suspects. Une question encore : connaissez-vous plus ou moins l'un d'eux ?

L'ex-inspecteur-chef présenta au prélat la page de son carnet noir sur laquelle il avait relevé les noms des personnes présentes dans l'édifice au moment du meurtre.

— À dire vrai, non. Nataniel King, le conducteur de travaux, et Amélia Keates, la miniaturiste, viennent d'être engagés sur dossier. Philip Davies est un nouvel organiste, jeune et talentueux. Chester Rockson est le nouvel organisateur des pèlerinages, après le départ en retraite de son prédécesseur. Tracy Richard est un artiste original dont les projets ont plu au chapitre de la cathédrale. Winston Silvester est un docteur en théologie de la faculté d'Oxford. Quant à cette dame, Vanessa Marlott, identifiée comme « extralucide », je ne vois pas du tout ce qu'elle faisait dans la demeure du Seigneur !

— Rien de plus précis, Éminence ?

— Hélas non, inspecteur.

— Vos proches collaborateurs auraient-ils une quelconque précision à m'apporter ?

L'archevêque les consulta du regard ; mais aucun n'émit le moindre commentaire.

— Nous comptons beaucoup sur Scotland Yard, déclara le prélat avec gravité ; il faut préserver Canterbury du scandale.

— Et identifier un assassin, ajouta Higgins.

— Cela va de soi.

Un téléphone sonna.

L'un des collaborateurs de l'archevêque décrocha.

— Oui... Ah... C'est fâcheux... Un instant, il y a précisément ici de hauts responsables de Scotland Yard. Je leur soumets le problème...

Le religieux se tourna vers Higgins.

— Un étrange personnage, vêtu d'une vieille veste d'aviateur de la Royal Air Force et fumant un cigare pestilentiel, vient d'arriver à moto à la clinique où se trouve la dépouille du malheureux révérend. Il prétend être médecin légiste et veut examiner le cadavre.

— C'est exact, constata Scott Marlow; nous y allons de suite.

# CHAPITRE VI

Babkocks, le meilleur légiste du Royaume-Uni, était le sosie de Winston Churchill. Bougon, mal embouché, il ne se déplaçait que sur une moto pétaradante qu'il avait ramenée d'El-Alamein et qu'il passait des heures à réparer. Les poches bourrées de déchets de tabacs exotiques, il composait lui-même d'énormes cigares répandant des senteurs nauséabondes.

— Vous ne fumerez pas dans cette clinique, déclara fermement la sœur Winnifred, une robuste femme de cinquante-deux ans au visage carré et aux mains de docker.

— Je fume où je veux, ma petite dame, et j'exige pour la dernière fois de voir ce cadavre, ou j'enfume cette clinique !

— Je ne suis pas votre « petite dame » et c'est moi qui dirige cet établissement ! Tant que je n'aurai pas reçu un ordre clair de l'archevêque de Canterbury, personne ne s'approchera du cadavre que l'on m'a confié.

Babkocks grattait une allumette lorsque Higgins,

Marlow et le secrétaire de l'archevêque entrèrent dans le bureau de la directrice de la clinique.

— Sacré nom d'un chien, s'exclama Babkocks, il était temps ! Un peu plus, et la guerre éclatait.

Le secrétaire s'adressa à sœur Winnifred et lui annonça que le superintendant Marlow et l'inspecteur Higgins prenaient l'enquête en main et que chacun devait se mettre à leur service pour faciliter leurs démarches.

— Bien, conclut froidement sœur Winnifred.

— Alors, ce cadavre? demanda Babkocks, impatient.

— Je vous conduis à la chapelle ardente, messieurs.

Dans le couloir, Marlow satisfit sa curiosité.

— Comment êtes-vous arrivé ici, Babkocks ?

— Je connais les curés. Quand ils ont un ennui, ils s'en débarrassent volontiers sur les religieuses.

Les propos blasphématoires du légiste choquèrent le superintendant.

— En fait, avoua Babkocks, je me suis rendu à la morgue, puis à l'hôpital principal, puis au commissariat, puis ici... J'ai toujours été têtu et je n'aime pas qu'on se moque de moi.

Le révérend Bryan Johnson était étendu sur le dos, les mains jointes sur la poitrine ; au pied du lit, un cierge. Un voile blanc cachait la tête du religieux.

— Ma sœur, interrogea Higgins avec déférence, comment s'est déroulé le transfert du cadavre de la cathédrale à votre clinique ?

— Sur l'ordre des autorités ecclésiastiques, je m'en suis chargée moi-même avec un infirmier.

— Je vais vous demander d'être très précise, ma sœur.

— J'ai un excellent sens de l'observation, affirma sœur Winnifred.

— Dans quelle position avez-vous trouvé le révérend ?

— Il était étendu sur le dallage de la chapelle de la Trinité, la face contre le sol, la nuque ensanglantée. À mon avis, il a été frappé avec une extrême violence et à plusieurs reprises.

Babkocks émit une sorte de grognement.

— J'ai horreur des amateurs, marmonna-t-il.

— J'ai l'habitude de voir des morts, rétorqua sœur Winnifred, et je peux vous dire que celui-là a passé un mauvais moment avant de remettre son âme à Dieu.

— Avez-vous noté la présence d'objets près du cadavre ? interrogea Higgins.

— C'est l'arme du crime que vous cherchez ? Je l'ai mise sur la table, derrière vous.

Marlow, Higgins et Babkocks découvrirent un os de bœuf, taché de sang.

— Sacré morceau, constata le légiste... Et du costaud avec ça ! Voilà au moins un point d'éclairci. On ne dispose pas si souvent de l'arme du crime.

— Rien d'autre, ma sœur ?

— Non, inspecteur ; s'il y avait eu un autre objet, je l'aurais vu.

— Avez-vous fouillé le corps ?

— Bien sûr que non ! Pour qui me prenez-vous ?

— Avez-vous d'autres observations à faire, sœur Winnifred ?

— Non, inspecteur ; j'ai fait mon devoir, faites le vôtre.

— Je dois emmener mon client à la morgue, annonça Babkocks.

— Puisque vous avez l'autorisation de l'archevêque... Nous, nous continuerons à prier pour l'âme de ce pauvre révérend.

La directrice de la clinique claqua la porte de la chambre.

— Sacrée bonne sœur, constata Babkocks ; un beau tempérament, et plutôt sympathique. Si j'avais besoin d'une assistante, il m'en faudrait une dans son genre. Mais il vaut mieux ne pas mêler les femmes aux choses sérieuses. Bon, vous le fouillez, mon client ?

Babkocks donna à Marlow une paire de gants spéciaux que le superintendant s'empressa d'enfiler. Avec courage, il s'attaqua aux vêtements du révérend que Babkocks examinait déjà d'un œil professionnel.

— Encore un qui ne sait pas se raser, dit-il à Higgins ; regarde les coupures, au menton. Il avait la lame dérapeuse, le révérend. Et quelle expression bizarre... On croirait presque qu'il est mort en souriant. Les lunettes en ont pris un vieux coup ; elles sont restées sur son nez, mais les verres sont cassés et les branches tordues. Un type de petite taille, genre nerveux... D'ordinaire, ça vit plutôt vieux. J'ai toujours pensé que fréquenter les églises était dangereux.

Surpris, Scott Marlow exhiba une liasse de dollars qu'il venait de sortir de la poche droite de la veste du révérend.

— De curieuses économies, commenta-t-il.

— Auriez-vous l'obligeance de les compter ? demanda Higgins.

Le superintendant s'exécuta.

— Cinq mille dollars, en billets usagés.

— Pour de l'argent de poche, estima Babkocks, c'est coquet ! Et notre révérend préférait la force de frappe américaine à notre bonne vieille monnaie nationale ; ne désirait-il pas acheter quelque chose d'un peu illégal ?

Higgins nota l'hypothèse sur son carnet noir.

De la poche gauche, Marlow sortit un badge en plomb en forme de cloche sur laquelle était inscrite une antique formule : « Je convoque les vivants, je pleure les morts, je brise les foudres. »

— À quoi sert ce gri-gri ? demanda Babkocks.

— Nous tâcherons de le découvrir, assura Higgins, tout en dessinant l'objet avec soin.

De la poche intérieure droite de la veste, Marlow sortit deux papiers d'identité au nom de Bryan Johnson et une feuille de papier pliée en quatre. Il la déplia avec soin et donna lecture du texte écrit d'une main tremblante :

*Ce que j'ai fait, je l'ai fait en conscience et par amour de l'Église, même si certains, et parmi eux des croyants, pensent le contraire. Il vient un jour où l'on n'a plus le droit de se taire. Ce ne fut pas une décision facile à prendre, et j'ai longuement réfléchi avant de trancher. Mon seul souhait est de continuer à servir l'Église comme je l'ai toujours fait. Quelles que soient les conséquences, ego concedo.*

— *Ego concedo*... Qu'est-ce que ça signifie ? demanda Babkocks.

— « J'accepte », répondit Higgins, mais c'est une formule bizarre.

— Voilà une sorte de confession, estima Marlow ; le révérend avait un poids sur la conscience.

— Malheureusement, déplora Higgins, il reste dans le flou.

— Et puis il ne regrette rien, rappela Babkocks ; ces curés sont capables de tout ! Vous m'apprendriez qu'il a tué quelqu'un, je ne serais pas étonné.

— Étant donné cette confession, avança Marlow, on aurait pu songer à une dépression et à un suicide.

— Exclu, jugea Babkocks.

— Peux-tu faire parler davantage la dépouille de ce malheureux ? demanda Higgins.

— On va essayer. Si vous avez terminé, j'emmène mon client ; tout curé qu'il est, il ne me cachera rien. J'embarque aussi l'arme du crime et, pour vous faire plaisir, je lui désosserai ses vêtements. C'est bien le genre de cadavre à avoir un document caché quelque part.

## CHAPITRE VII

Pendant le trajet de la clinique au bâtiment de l'archevêché où résidaient les suspects, Marlow ne dissimula pas ses inquiétudes.

— Je ne « sens » pas du tout cette enquête, Higgins ; tout paraît simple et j'ai pourtant l'impression que le chemin est parsemé d'embûches.

— On ne tue pas tous les jours un brave révérend avec un os de bœuf, c'est certain. Et qui plus est, dans la cathédrale de Canterbury.

— *Brave*... Est-ce la bonne épithète ?

— La victime ne vous inspirerait-elle pas confiance ?

— Cette confession...

— Elle n'est pas signée, semble-t-il.

— Il n'y a qu'une petite croix.

Higgins examina de nouveau le document et dessina avec précision la modeste signature qui présentait une allure ancienne.

— Est-ce anormal, pour un ecclésiastique ? s'enquit Marlow.

— À notre époque, oui.

— Un code ?

— Possible.

— Si le révérend se sentait menacé, il a peut être tenté de transmettre un message.

— Le contenu de son texte ne semble pas confirmer cette hypothèse, mais il ne faut rien refuser *a priori*.

— C'est étrange... Je devrais être rassuré, puisque nous avons forcément l'assassin sous la main. Et c'est le contraire qui se produit !

— Ne soyons pas pessimistes, superintendant ; nos investigations ne font que commencer.

La Bentley stoppa près de la cathédrale dont les tours carrées se dressaient vers le ciel avec une belle vigueur. Le puissant monument n'était pas agressé par de récentes constructions et des rues bruyantes, mais était entouré d'une pelouse entretenue avec soin. Quelques arbres déployaient leur feuillage tout près des murs de pierre, et l'on avait l'impression de partager l'intimité de l'édifice, en dépit de son caractère imposant.

— Par qui commence-t-on, Higgins ?

— Nataniel King semble s'imposer.

— Je vous l'amène.

Utilisant la clé que lui avait confiée l'archevêque, Higgins entra dans la cathédrale par la porte sud-ouest et contempla la nef gothique, construite plus de deux cents ans après la mort de Thomas Becket ; la puissance et la verticalité des énormes piliers, qui ne manquaient pourtant pas de grâce, aspiraient le regard vers la voûte où s'épanouissaient de fins faisceaux de pierre, formant un inaltérable bouquet. L'absence de chaises préservait la pureté originelle de l'œuvre qui, par sa seule intensité, effaçait les mesquineries humaines.

La méditation de l'ex-inspecteur-chef fut d'assez courte durée; des pas brisèrent le silence.

Scott Marlow accompagnait un homme trapu d'une cinquantaine d'années, au large front ridé et au visage décidé; à sa seule démarche, on devinait un meneur d'hommes, habitué à commander. Barbe et cheveux blancs lui donnaient fière allure.

— Monsieur Nataniel King?

— Moi-même.

— Je suis l'inspecteur Higgins, de Scotland Yard.

— Et votre collègue, qui n'est rien moins que superintendant, a eu l'amabilité de se présenter! Puis-je enfin savoir ce qui se passe ici? Sur intervention personnelle de l'archevêque, on nous a demandé de ne pas quitter la chambre, qui nous fut généreusement accordée, jusqu'à l'intervention de la police! C'est une procédure plutôt insolite, non?

— N'avez-vous pas été le témoin d'un événement insolite?

— Oui, c'est vrai.

La voix grave de Nataniel King avait des accents rugueux et autoritaires. Vêtu d'un chandail gris et d'un pantalon bleu, sans la moindre recherche d'élégance, il faisait songer à un roc qu'useraient à peine des vents violents. De la poche arrière du pantalon dépassait l'extrémité d'un mètre pliant.

— Pourriez-vous nous relater les faits de la manière la plus précise possible, monsieur King?

— Il y a eu un drame, c'est ça?

— Soyez aimable de me répondre.

— Je m'en doutais un peu, notez bien... des cris pareils.

— *Un* cri ou *des* cris ?

— Un grand cri, puis un autre moins fort, puis peut-être un troisième... Maintenant que vous me le demandez, je n'en suis plus très sûr. Drôle d'amuseuse, la mémoire !

— Où vous trouviez-vous, lorsque vous avez entendu ces cris ?

— Ici même, dans la nef.

— Pour quelle raison ?

— Par devoir et par plaisir.

— Pourriez-vous être plus clair ?

— Je suis conducteur de travaux, et l'administration de la cathédrale a retenu mon projet de restauration pour la tour à escalier qui date de l'époque d'Anselme. Une vraie merveille ! En 1160, le prieur Wibert a jugé bon d'ajouter une décoration à la partie supérieure... Elle est superbe, d'accord, mais garder la tour dans son aspect primitif eût peut-être été une meilleure idée ! Cette tour-là, située du côté nord de la cathédrale, me fait presque pleurer tant elle est belle... Et elle a échappé à l'incendie de 1174 qui a détruit la quasi-totalité du chœur ! Des miracles comme celui-là, il faut les préserver, quels que soient les efforts à déployer.

— Certes, monsieur King ; vous vous occupiez donc de cette tour par devoir.

— Voilà ! Et je terminais ma journée dans la nef par plaisir.

Le conducteur de travaux leva les yeux vers la voûte.

— Vous avez vu cette merveille ! Vingt-huit ans de labeur pour l'édifier, sur les plans du génial Henry Yevele. C'est vraiment fabuleux... Personne n'est plus capable de dresser des piliers comme ceux-là et de nous arracher à notre médiocrité. L'homme a tué l'architecture, et l'architecture tuera l'homme ; on ne fabrique pas impunément de la laideur à longueur de journée. À force d'assassiner la beauté, il faudra payer l'addition, et elle sera salée. Mais quelle splendeur, Bon Dieu !

L'émotion de Nataniel King ne semblait pas feinte ; en contemplant la voûte, il semblait oublier le monde ordinaire.

— À propos, inspecteur... Si vous me disiez ce qui s'est passé ?

— J'aimerais d'abord entendre la fin de votre récit. Vous avez donc entendu des cris ; d'où provenaient-ils ?

— De l'autre côté du jubé, je pense, vers le chœur.

— Quelle fut votre réaction ?

— Je suis resté figé sur place, tellement j'étais étonné... Des cris pareils, à l'intérieur d'une cathédrale ! Je me suis même demandé si je n'étais pas victime d'une hallucination.

— N'avez-vous pas songé à vous diriger vers l'endroit d'où provenaient les cris ?

— Honnêtement, non... J'ai attendu je ne sais quoi.

— Pendant combien de temps ?

— Une minute, peut-être deux... À dire vrai, je n'en sais rien. Déjà, d'ordinaire, je n'ai pas une claire conscience des heures qui s'écoulent. Alors là ! J'aurais peur de vous dire n'importe quoi. À mon sens, il ne s'est pas écoulé beaucoup de temps jusqu'au bruit de pas.

— Quelqu'un courait ?

— Oui, je pense. Quelqu'un... Ou plusieurs personnes. Il y avait plusieurs courses précipitées, à mon avis.

— Comment avez-vous réagi ?

— Je suis allé jusqu'à la porte sud-ouest, la seule issue pour sortir de la cathédrale, je l'ai fermée et je suis resté devant.

— À quoi pensiez-vous ?

— Je ne pensais à rien, je voulais simplement que personne ne sorte.

— Pour quelle raison ?

— Un simple réflexe.

— Et ensuite, monsieur King ?

— Ensuite, j'ai entendu des voix. On discutait. Tout le monde voulait sortir.

— « Tout le monde »... C'est-à-dire ?

— Eh bien... Amélia Keates, la restauratrice de miniatures, Philip Davies, l'organiste, Rockson, le chef du pèlerinage, un révérend et une grande femme rousse que je ne connaissais pas.

— Vous n'oubliez personne ?

Le conducteur de travaux réfléchit.

— Ah si ! Le type bizarre aux cheveux longs qui fabrique des pèlerins de cire.

— Ces gens se disputaient-ils ?

— C'est difficile à dire... Ils étaient tous plutôt énervés, chacun se demandait qui avait crié et pourquoi... Alors, j'ai pris une décision : leur ordonner de rester sur place pendant que j'allais chercher un responsable, à l'archevêché.

— Pourquoi cette réaction ?

— Elle était normale, non ?

— Vous êtes donc sorti de la cathédrale.

— Oui, en demandant à toutes ces personnes d'y rester. Par chance, le bedaud et deux sacristains arrivaient pour fermer l'édifice pour la nuit. Je leur ai expliqué que quelque chose d'anormal venait de se produire, du côté du chœur. Ils se sont avancés dans la nef, ont franchi le jubé, se sont avancés dans le chœur et l'un s'est écrié : « Mon Dieu ! » Ils sont revenus en arrière, nous ont tous prié d'aller à l'archevêché où nous avons patienté une demi-heure, ou plus. Et puis l'archevêque en personne nous a demandé de bien vouloir rester dans ses locaux, en raison d'un événement grave qui nécessitait une enquête.

— Personne n'a protesté ?

— Si, Tracy Richard, avec véhémence, et Philip Davies, plus modérément ; ils ont fini par accepter les exigences du prélat.

— Et vous ne savez rien de plus ?

— Non, inspecteur. Allez-vous enfin me dire ce qui s'est passé, dans cette cathédrale ?

— Un meurtre, monsieur King.

# CHAPITRE VIII

Nataniel King fut frappé de stupeur.

— Vous avez dit : un meurtre, ici, dans la cathédrale de Canterbury ?

— Les cris que vous avez entendus étaient ceux d'un homme que l'on assassinait, révéla Higgins.

— Mais qui...

— Le révérend Bryan Johnson.

Le conducteur de travaux gratta sa barbe blanche.

— Connais pas...

Higgins montra à Nataniel King le dessin qu'il avait fait de la victime, il le regarda avec attention.

— Jamais vu.

— Le révérend est forcément entré par la porte sud-ouest et a dû traverser la nef ; donc, vous l'avez croisé, estima Scott Marlow.

— Non, superintendant, rétorqua Nataniel King ; il est entré avant moi dans la cathédrale, c'est évident. Si je l'avais vu entrer, je vous l'aurais dit.

— Si nous faisions quelques pas ? proposa Higgins.

Le trio se déplaça avec lenteur et solennité sous

les voûtes de la grande nef de la cathédrale, qui leur imposait de parler avec une voix mesurée.

— Avez-vous choisi votre métier par vocation, monsieur King ?

— Dans ma famille, on restaure les vieux monuments de père en fils ; l'architecture moderne, ce n'est pas notre fort. On s'est transmis des secrets de métier qui permettent de faire face aux cas les plus difficiles.

— Êtes-vous marié ?

— Non, célibataire ; j'ai un genre d'activité qui ne plaît pas beaucoup aux femmes. Une semaine sur un chantier, un mois sur un autre... Je suis un nomade.

— À qui transmettez-vous votre savoir ?

— À mes compagnons de travail ; j'ai une petite équipe soudée et passionnée, à laquelle j'apprends progressivement tout ce que je sais. C'est beaucoup plus sûr qu'un fils, croyez-moi ; la plupart des enfants tournent le dos à leurs parents et refusent leur enseignement.

— En dépit de cette existence errante, avez-vous un domicile fixe ?

— Une grange médiévale que j'ai retapée, à une dizaine de kilomètres de Canterbury ; c'est là que je me repose, entre deux gros chantiers.

— Avoir été désigné pour restaurer la cathédrale, c'est une aubaine.

— Ça, vous pouvez le dire ! Mais ça ne s'est pas fait en un jour... Voilà plus de dix ans que je suis sur les rangs. D'autres sont passés devant moi, mais les autorités ont fini par comprendre que je leur ferai le meilleur travail au meilleur prix. Et avec l'amour de ces pierres merveilleuses, en prime.

— J'ai l'impression que vous ne vous séparez jamais de votre mètre pliant.

— Exact, inspecteur, regardez-moi ça.

Nataniel King exhiba le précieux objet.

— Je l'ai fabriqué moi-même : il y a les mesures anglaises, le système métrique et l'indication des principales coudées qu'utilisaient les maîtres d'œuvre du Moyen Âge. Avec cet engin-là, je peux déchiffrer le jeu des proportions dans n'importe quelle église.

— Tout à fait remarquable, monsieur King.

— Ça fait partie du métier, les ingénieurs et les architectes d'aujourd'hui n'y comprennent rien. Ils sont trop savants.

— Un long chantier en perspective, je présume ?

— Plus ou moins ; nos ancêtres savaient bâtir, et cette vieille cathédrale est solide. L'essentiel, c'est la minutie et la douceur ; il faut traiter ces pierres avec tendresse, presque comme du cristal. Quand on ne les comprend pas, on les agresse bêtement, et elles réagissent mal. Chacune a sa vie propre, il est nécessaire de la percevoir et de la respecter.

— Vous est-il arrivé de travailler avec des Américains ? demanda Higgins.

— Ah... non. Je n'ai jamais quitté le territoire britannique.

— Un Américain, propriétaire d'une vieille demeure, aurait pu vous demander de la restaurer.

— Non, je n'ai pas eu ce genre de client.

— Aimez-vous les badges ou de petits objets comparables, qui pourraient nous porter chance ?

— J'ai mon mètre universel, ça me suffit !

— Votre collègue, Amélia Keates, est-elle aussi consciencieuse que vous ?

— Collègue est un terme inapproprié... Nous ne faisons pas le même métier. Moi, je m'occupe d'architecture, elle de petits détails de sculpture. Une fille formidable, c'est sûr, et passionnée par son travail. Elle étudie le style de chaque artiste, assimile sa technique et sa sensibilité, contemple les œuvres avec humilité et respect ; quand elle restaure, vous pouvez être certain qu'elle ne commettra aucune erreur.

— Depuis quand vous connaissez-vous ?

— Trois ans environ ; je l'ai rencontrée dans une petite église du pays de Galles, alors qu'elle sortait tout juste de son école et se lançait dans le grand bain. En si peu de temps, elle a fait beaucoup de chemin.

— Travailler ici doit être une sorte de consécration.

— Vous pouvez le dire ! À vingt-cinq ans, elle est déjà une championne dans son métier et elle ne s'arrêtera pas là.

— De quoi s'occupait-elle, exactement ?

— Du tombeau du prieur Henry d'Eastry ; elle devait l'étudier dans le moindre détail et fournir un rapport détaillé aux autorités en indiquant si, à son avis, une restauration était possible.

— Tâche difficile ?

— Presque impossible, d'après moi, mais avec Amélia, qui sait ?

— Existe-t-il beaucoup de techniciens ou de techniciennes que vous admirez autant ?

— Franchement non, inspecteur ; Amélia est un être à part. Elle a du génie au bout des doigts, un génie conforme à l'esprit du Moyen Âge. C'est une qualité exceptionnelle.

— En est-elle consciente ?

— Pour elle, seul compte son travail ; elle a une faculté de concentration qui sort de l'ordinaire, surtout chez une femme si jeune. Elle est capable de rester des heures durant devant un détail, comme si elle cherchait à en assimiler tous les secrets.

— Avez-vous l'occasion d'évoquer sa vie privée ?

— Ce n'est pas mon style, inspecteur, et ce n'est pas le sien.

— Autrement dit, vous ne savez rien de plus sur elle ?

— Exact. Ah si... un détail auquel je n'aurais pas pensé si vous ne m'aviez pas posé une question à propos de mes éventuels clients du Nouveau Monde : Amélia Keates est américaine.

# CHAPITRE IX

Higgins s'arrêtait de temps à autre poûr prendre des notes sur son carnet noir.

— Vous enregistrez tous mes propos ? s'inquiéta Nataniel King.

— Simple routine ; comme je n'ai aucune mémoire, c'est une précaution nécessaire pour ne pas déformer votre témoignage.

— Témoignage, c'est un bien grand mot... En fait, je n'ai rien vu.

— Dans une enquête criminelle, monsieur King, le moindre détail a son importance.

— Vous avez sûrement raison... Je n'ai pas l'habitude, vous comprenez.

Nataniel King, Higgins et Marlow allaient et venaient dans la grande nef, comme des pèlerins à la recherche de la Jérusalem céleste. Le superintendant appréciait la qualité du silence qui émanait des pierres vénérables.

— Parmi les personnes présentes dans la cathédrale, rappela Higgins, vous connaissiez aussi Philip Davies.

— Oui, c'est un excellent organiste qui joue les

fugues de Jean-Sébastien Bach à la perfection ; vous aimez, inspecteur ?

— *Le Clavier bien tempéré* et *L'Art de la fugue* sont les créations les plus extraordinaires qu'un cœur humain ait conçues ; en jouer chaque jour des extraits, même en les massacrant par faute de technique et de talent, est un plaisir inégalable.

— Bach, ici, sous ces voûtes, c'est un peu d'éternité sur terre. Quand Philip joue, les gens deviennent meilleurs.

— Un jeune talent ?

— Il vient d'avoir trente-six ans et a toute la vie devant lui ! Pendant longtemps, on a posé des entraves à sa carrière ; à présent, c'est bien parti.

— Qui est ce « on ? »

— Des professeurs jaloux, des critiques imbéciles, des organisateurs de concerts trop frileux... comme d'habitude. Mais Philip est un garçon obstiné et il croit en son talent ; quand on l'a entendu une seule fois, on ne l'oublie pas. Le poste d'organiste de la cathédrale a été mis au concours, et il l'a emporté.

— Saviez-vous qu'il était présent, lors du drame ?

— Non, inspecteur.

— Donc, il ne répétait pas.

— Sûrement pas.

— Sa vie privée vous est-elle tout aussi inconnue que celle d'Amélia Keates ?

— En effet ; je connais bien l'artiste, peu l'homme. Mais ne se dévoile-t-il pas par ses qualités de musicien ?

— A-t-il l'habitude de répéter à cette heure-là ?

— Il n'avait pas vraiment d'heures ; il est aussi

claveciniste et musicologue, et passe sa journée à travailler ; encore un qui ne vole pas son salaire.

— Que pouvait-il bien faire dans la cathédrale, à ce moment-là ?

— Je n'en ai pas la moindre idée, avoua Nataniel King.

— Est-il amoureux de l'art médiéval ?

— En dehors de la musique, rien n'existe pour lui.

— Ce n'est donc pas le genre d'homme à visiter longuement une cathédrale, fût-ce celle de Canterbury.

— À dire vrai, je ne crois pas... Mais qu'est-ce que vous allez imaginer, inspecteur ?

— Rien du tout, monsieur King.

— Philip est un être droit, sensible, centré sur son art, incapable de faire du tort à quiconque ; vous le constaterez par vous-même.

— J'en suis sûr ; n'avez-vous pas relevé une bizarrerie dans son comportement, ces derniers temps ?

— Une bizarrerie... Non, Philip est un garçon équilibré, d'humeur égale. Mais peut-être considérerez-vous une longue absence comme une bizarrerie.

— Pourriez-vous préciser ? suggéra Higgins.

— Je suis régulièrement l'annonce de ses concerts, et je tente de me libérer pour y assister ; l'année dernière, il a disparu pendant au moins six mois, et je n'ai réentendu parler de lui qu'avec le concours pour le poste d'organiste de Canterbury.

— Lui avez-vous demandé les raisons de cette disparition momentanée ?

— Il m'a dit qu'il avait pris du repos.

— Des problèmes de santé ?

— C'est un garçon très solide... Je crois plutôt qu'il a pris du recul.

— Chester Rockson était l'un de vos amis, lui aussi ?

— Ami, non ; mais je l'ai rencontré à plusieurs reprises, à cause de ses fonctions. Il est devenu récemment chef du pèlerinage, et il n'a pas le temps de chômer, lui non plus. Remarquez, il lui faut de l'énergie ! Ce bon vieux pèlerinage a de plus en plus de succès, on dirait ; de tout le Royaume-Uni, les croyants viennent à Canterbury.

— Savez-vous pourquoi M. Rockson se trouvait dans la cathédrale ?

— Il y a toujours un détail à régler, avant d'accueillir les pèlerins.

— Quel genre d'homme est-il ?

— Costaud, carré, plutôt autoritaire et organisateur... Il vaut mieux, notez bien, car la pagaille ne plairait pas aux autorités religieuses. On veut bien que la foi s'exprime, mais pas n'importe comment.

— Critiqueriez-vous ce pèlerinage, monsieur King ?

— Non, mais je ne suis pas un grand amateur de folklore ; enfin, que chacun agisse comme il l'entend, à condition de ne pas toucher à la cathédrale.

— Au fond, vous ne savez pas grand-chose sur Chester Rockson.

— C'est un homme solide qui fait bien son travail et ne rechigne pas à la tâche ; j'aime bien les gens qui ne comptent pas leurs heures de travail et ne se comportent pas comme des fonctionnaires.

— Rien d'autre ?

— Non, inspecteur.

— Vous n'aimez guère Tracy Richard, avez-vous dit.

Nataniel King devint bourru.

— Je n'apprécie pas ce genre d'artistes et je ne comprends pas que certains ecclésiastiques aient donné leur accord pour qu'il expose ses horribles sculptures dans la cathédrale ; par bonheur, ce n'est pas encore fait, et j'espère que la raison reprendra le dessus.

— Lui avez-vous donné votre avis ?

— Pour ça, oui ! Je ne sais pas dissimuler mes sentiments et j'ai horreur des prétentieux comme ce Richard qui se prend pour un grand créateur. Quand il m'a abordé pour me demander ce que je pensais de ses sculptures en cire, je le lui ai dit.

— Sa réaction ?

— Il a blêmi et m'a insulté, me traitant de vieux croûton et de réactionnaire. Quand j'ai levé le poing, il a décampé.

— Que faisait-il dans la cathédrale ?

— Sans doute recherchait-il un emplacement pour exposer ses... œuvres.

— Pensez-vous qu'il s'agit d'un homme violent ?

— Il ne m'a pas résisté bien longtemps.

— Est-ce une petite nature ? interrogea Marlow.

— Non, répondit Nataniel King ; il doit avoir une trentaine d'années et ne manque pas de vigueur. C'est le courage qui lui fait défaut. De là à le soupçonner de meurtre...

— La femme rousse s'appelle Vanessa Marlott, et le révérend Winston Silvester, précisa Higgins ; vous ne les connaissez donc ni l'un ni l'autre.

— Ni l'un ni l'autre; la rousse semblait plutôt bizarre. Ce n'est pas le genre de femme dont on a envie de s'approcher.

— En avez-vous peur?

— Presque... Mais c'est irraisonné.

— Comment se comportait le révérend Winston Silvester?

— Il affichait un calme parfait, comme si toute cette agitation ne le concernait pas.

Higgins referma son carnet noir.

— Avez-vous oublié quelque chose d'important, monsieur King? Réfléchissez bien, je vous prie.

Le pas de Nataniel King ne s'accéléra pas.

— Non, je ne crois pas.

— Vous pouvez rejoindre votre domicile, monsieur King; mais ne le quittez pas sans notre autorisation. Si un détail vous revenait en mémoire, n'hésitez pas à nous contacter.

## CHAPITRE X

Après avoir libéré Nataniel King, Scott Marlow était allé chercher un deuxième suspect. Higgins profita de ce bref répit pour admirer la grande nef que des milliers de pèlerins, depuis des siècles, avaient découverte avec le même émerveillement. Il était difficile de se convaincre qu'un crime avait eu lieu dans cet endroit de méditation et de prière.

Le superintendant amena un homme d'un mètre quatre-vingts, très maigre, dont le visage aux pommettes saillantes évoquait celui d'un Asiatique; de petits yeux gris, inquiets, accentuaient l'impression de nervosité qui se dégageait du personnage, vêtu d'un strict costume marron. Les doigts étaient longs et fins, les mains larges.

Higgins l'attendait au milieu de la nef.

Philip Davies marcha vers lui à grands pas, semant Scott Marlow.

— Vous êtes Scotland Yard? demanda-t-il d'une voix métallique.

— Je suis l'inspecteur Higgins; vous connaissez déjà mon collègue, le superintendant Marlow.

— Qui que vous soyez, je n'ai pas l'intention de répondre à vos questions.

— Il le faudra, pourtant.

— Pour quelle raison ?

— Parce que vous êtes soupçonné de meurtre.

— Quoi... Moi, un assassin... Moi, Philip Davies ? Mais c'est complètement insensé !

— Croyez-vous ? Vous vous trouviez ici, au moment du crime.

— Vous voulez dire... Ces cris terribles ?

— En effet.

— Qui a-t-on tué ?

— Le révérend Bryan Johnson.

— Qui est-ce ?

— Vous ne le connaissez pas ?

— Pas du tout... Et c'est la preuve absolue de mon innocence, s'il en était besoin !

— Où vous trouviez-vous, quand vous avez entendu ces cris ?

Philip Davies hésita.

— Dans la chapelle Saint-Michel, à l'extrémité du transept sud-ouest.

— Qu'y faisiez-vous ?

— J'y contemplais mon œuvre préféré, le tombeau de Thomas Thornhurst et de son épouse.

— Allons-y, voulez-vous ?

Datant de 1627, le tombeau était d'un réalisme saisissant. La femme, allongée et vêtue d'une robe superbe, avait la main droite posée sur un livre rouge et la gauche négligemment posée sur sa poitrine ; son mari, les yeux ouverts, martial dans son armure de chevalier, le cou orné d'une fraise, redressait le buste, comme s'il sortait du sommeil. Il posait tendrement la main droite sur l'épaule de son épouse et, de la gauche, tenait fermement son blason. Le visage était incroyablement vivant et ressemblait à celui du roi de France Henri IV, avec sa moustache et sa barbe dont la pointe se terminait sur sa fraise.

— N'est-ce pas bouleversant? demanda Philip Davies; le sculpteur a vraiment vaincu la mort.

— Vous êtes musicien? interrogea Higgins.

— Oui, organiste, claveciniste et musicologue.

— Voilà beaucoup de talents pour un homme si jeune.

— J'ai tout de même trente-six ans!

— Et tout ne fut pas facile, je suppose.

— J'ai eu quelques ennuis, c'est vrai, à cause de professeurs un peu jaloux et de critiques qui n'aiment pas les jeunes talents. La plupart des interprètes en passent par là, et il faut accepter de petits inconvénients pour réaliser sa vocation.

— Auriez-vous quelques rancunes?

— Oh, c'est oublié! Depuis que j'ai obtenu le poste d'organiste de la cathédrale, je n'ai plus de souci pour mon avenir.

— La musique n'est-elle pas toute votre vie?

— L'essentiel, en tout cas; savoir jouer une fugue de Bach nécessite tant de travail et de maturité qu'il ne faut pas se laisser distraire par des futilités. Les artistes qui ne s'imposent pas une ascèse rigoureuse tombent dans la facilité et finissent par perdre leur authenticité.

— Autrement dit, vous vous accordez peu de loisirs.

— Les exercices avant tout! Que ce soit à l'orgue ou au clavecin, il faut se délier les doigts chaque jour et répéter sans cesse les figures de style.

— Le soir du meurtre, vous vous accordiez un peu de repos.

— Exactement, inspecteur ; un court répit, certes, mais tout à fait régénérateur. Des instants comme celui-là sont précieux, bien que trop rares.

— De cet endroit, monsieur Davies, qu'avez-vous entendu ? Je compte beaucoup sur votre oreille de musicien pour nous apporter d'utiles précisions.

— Je crains de vous décevoir un peu, messieurs ; j'étais perdu dans mon rêve quand j'ai cru entendre le premier cri. Illusion ou réalité ? J'étais incapable de répondre à cette question et de savoir d'où il provenait. Et puis il y en a eu un deuxième et un troisième, mais plus étouffés. Des cris vraiment étranges.

— Quelle fut votre réaction ?

— Je suis resté immobile, me demandant si je ne me trompais pas ; et puis il y eut le bruit d'une course, de pas précipités, en direction de la nef. Comme quelqu'un qui s'enfuyait... Je me suis élancé de ce côté-là.

— Quelqu'un se trouvait-il dans la nef ?

— Oui, mon ami Nataniel King et d'autres personnes... Puis d'autres sont arrivées.

— Pourriez-vous être plus précis ?

— C'est difficile, inspecteur, il y avait une telle confusion...

— Faites un effort, c'est très important.

Le musicien se concentra.

— Nataniel King était au milieu de la nef, je crois... Une femme rousse, que je ne connais pas, courait vers lui, suivie d'Amélia Kates, la spécialiste chargée de restaurer les tombeaux. Il y avait aussi

Chester Rockson, le chef du pèlerinage. Quand je me suis retourné, j'ai aperçu le révérend Winston Silvester. Voilà...

— Et Tracy Richard ?

— Il est arrivé le dernier, en courant, lui aussi.

— De quel endroit ?

— Je suis incapable de vous le dire. Nous étions tous affolés, en proie au même cauchemar, et constatant que nous avions tous entendu des cris ! Nataniel nous a ordonné de nous regrouper devant la porte du sud-ouest et d'attendre la venue des autorités. Ce fut très rapide, on nous a conduits à l'archevêché où l'on nous a fait patienter en raison d'un drame, sans nous donner davantage d'explications. Qui aurait pu penser à un meurtre, un meurtre dans la cathédrale de Canterbury !

Higgins consulta ses notes.

— Vous n'avez guère apprécié d'être retenu dans les locaux de l'archevêché, semble-t-il, et vous avez même protesté.

— Pas pour cette raison, inspecteur, puisque je dispose d'un logement de fonction dans ces mêmes locaux, mais parce qu'on me faisait perdre mon temps ! J'avais des exercices digitaux à faire, moi ! Quelques heures de répétition en moins, et la technique s'affaiblit.

— Avant de vous présenter victorieusement au concours d'organiste, n'avez-vous pas observé une longue période de repos ?

Philip Davies se raidit.

— Qui vous a dit ça ?

Higgins sourit.

— Notre métier consiste à nous informer.

— Oui, c'est vrai, j'étais fatigué, un peu déprimé, j'avais besoin de solitude... Mais j'ai continué mes exercices.

— Où résidez-vous ?

— Quelle importance ?

— Veuillez répondre, intervint Scott Marlow.

— Pas loin d'ici, au presbytère de Romney Marsh. Un endroit tranquille et reposant.

— Avez-vous signé un contrat avec un producteur américain ?

— Hélas non, inspecteur ! Je ne suis pas encore assez connu.

— Êtes-vous superstitieux ?

— Plus ou moins...

— Portez-vous une sorte d'amulette, pour vous porter chance ?

— Non, j'ai horreur des badges et des gris-gris !

— Si vous nous parliez de votre ami Nataniel King ?

# CHAPITRE XI

L'organiste tira sur les pans de sa veste marron.

— King est un homme très bon. Le genre d'homme sur lequel on peut compter et qui n'a qu'une parole.

— Une espèce très rare, reconnut Higgins ; vous vous connaissez depuis longtemps ?

— Il suit ma carrière depuis plusieurs années ; comme moi, c'est un amoureux de Jean-Sébastien Bach. Et puis... Il m'a bien aidé dans les moments difficiles.

— Une aide financière, je suppose ?

— En effet, inspecteur ; grâce à Nataniel, j'ai pu continuer à travailler et je n'ai pas perdu ma technique. Sans cette preuve d'amitié, je ne serais jamais devenu l'organiste de la cathédrale.

— M. King a le culte du travail, n'est-ce pas ?

— Il a surtout le culte des vieilles pierres, affirma Philip Davies, et il leur voue son existence entière. Pourtant, ce ne fut pas toujours facile.

— Quels obstacles a-t-il rencontrés ?

— Il est né pauvre, d'un père écossais, marin-pêcheur, et d'une mère norvégienne ; s'il avait subi le destin, il aurait succédé à son père. Mais il a eu la chance de rencontrer un vieil érudit, qui avait accumulé quantité de livres sur les arts roman et gothique. Nataniel s'est cultivé tout seul et s'est fait embaucher par un tailleur de pierre qui cherchait un apprenti. Voilà comment son aventure a commencé... À présent, on le réclame sur tous les chantiers, car il est devenu le meilleur dans sa spécialité. S'il y avait des hommes de sa trempe aux postes de commande, notre pays se porterait mieux.

— Il n'est pas marié, je crois.

— Il n'a pas eu le temps ! Nataniel King ne s'arrête presque jamais de travailler, dès qu'un chantier est terminé, il passe à un autre, comme s'il voulait restaurer toutes les églises du Royaume-Uni.

— Vraiment aucun loisir ?

— Quelques jours de détente dans sa grange ancienne, près d'ici, mais ils sont rares.

— Y êtes-vous allé, monsieur Davies ?

— Non, Nataniel ne reçoit personne pendant ses brèves périodes de repos : il désire être seul, et je le comprends. La solitude est parfois nécessaire et bienfaisante.

— Si je comprends bien, votre ami Nataniel King est exempt de défauts.

— Il est peut-être un peu autoritaire ; dans son métier, c'est indispensable.

— Saviez-vous qu'il se trouvait dans la cathédrale à l'heure du crime ?

— Non, inspecteur.

— Avez-vous vu entrer l'une des autres personnes présentes ?

— Non, mais c'est normal ; je méditais devant ce

tombeau depuis un bon moment et, d'ici, on ne voit rien d'autre que Thomas Thornhurst. Un regard de ressuscité comme celui-là, on ne s'en détache pas facilement !

— Seriez-vous tourmenté par l'idée de la mort, monsieur Davies ?

— Pas spécialement, mais cette sculpture me fascine.

— Qu'en pense Amélia Keates ?

Le musicien eut un haut-le-corps.

— L'avis de cette demoiselle n'engage qu'elle-même.

— Seriez-vous en désaccord avec elle ?

— Pour être sincère, inspecteur, je la déteste.

— La jugeriez-vous incompétente ?

— Je ne connais pas son domaine et je n'ai pas à porter de jugement sur sa technique ; à la place de ses employeurs, cependant, je me ferais quelques soucis.

— Pourquoi ?

— Parce qu'une pimbêche prétentieuse commet fatalement de graves erreurs.

— Nataniel King l'apprécie beaucoup, paraît-il.

— Elle s'en vante, je sais ! Mais ce brave Nataniel aime tout le monde et ne voit les défauts de personne ; il ignore la manière dont s'est comportée cette peste pour obtenir son poste.

— À savoir ?

— Elle a flatté ses professeurs, pour ne pas en dire davantage, et a piétiné ses camarades d'étude en utilisant délation et calomnie pour mieux faire le vide autour d'elle. Depuis, elle n'a pas dû changer de méthodes.

— Vous êtes fort bien renseigné, monsieur Davies.

— Dans les milieux artistiques, chacun en sait autant que moi.

— Votre rencontre, à Canterbury, a dû être explosive.

— Nous nous sommes soigneusement évités, inspecteur ; elle prétend restaurer des sculptures anciennes, je suis musicien. Nous n'avons donc aucune raison de nous rencontrer.

— Est-elle violente ?

La question gêna Philip Davies.

— Suis-je encore obligé de vous répondre ?

— Ce serait préférable.

— En d'autres circonstances, je l'aurais fait sans hésiter. Mais vous évoquez un crime et je ne sais pas si je dois...

— Vous devez, affirma Scott Marlow ; toutes les informations nous sont nécessaires.

— C'est extrêmement gênant.

— Faites-vous violence.

— Vous risquez d'utiliser contre elle ce que je vais vous dire...

— Laissez-nous juger.

L'organiste avala sa salive.

— Eh bien, cette Amélia Keates est peut-être une jolie fille, d'après certains, mais elle est aussi solide et virulente qu'un boxeur professionnel. Elle a frappé l'un de ses rivaux avec tant de violence que le malheureux a dû séjourner quatre jours à l'hôpital. Quand vous la verrez, fluette et délicate, vous n'y croirez pas, et c'est pourtant la vérité. On lui donnerait le Bon Dieu sans confession, comme on dit, alors qu'elle est plutôt l'incarnation du diable.

Les pommettes saillantes de l'organiste avaient rougi de colère.

— D'autres détails ? demanda Marlow.

— N'est-ce pas amplement suffisant ? Avec une histoire comme celle-là, vous allez forcément la soupçonner d'avoir commis le meurtre.

— Vous en réjouissez-vous ?

— Non, superintendant, car je n'ai aucune preuve ; c'est pourquoi j'aurais préféré me taire.

— Encore faudrait-il établir un lien précis entre la victime et Amélia Keates, précisa Higgins.

— Le mobile, c'est ça ?

— En effet, monsieur Davies.

— Sans mobile, pas d'accusation solide, c'est vrai... En tout cas, vous allez l'interroger, et mademoiselle je-sais-tout sera bien obligée de vous répondre. Un rude coup pour quelqu'un qui a pris l'habitude de dominer autrui et d'éconduire quiconque la dérange ! Cet épisode-là m'amuse plutôt, j'en conviens.

— Mademoiselle Keates vous aurait-elle causé un grave désagrément ? interrogea Higgins !

Le musicien hésita.

— Non, non... Mais je déteste l'injustice. Cette fille a trop de chance, parce qu'elle a fait trop de mal. Il est normal que la vie se venge.

— Vous la croyez donc capable d'avoir assassiné quelqu'un qui se serait mis en travers de sa route ?

— Oui, inspecteur.

# CHAPITRE XII

Un long silence succéda à cette déclaration.

— Réfléchissez bien à vos propos, monsieur Davies, en songeant à leur gravité ; les maintenez-vous ?

— Je tiens à être en paix avec ma conscience et je les maintiens.

— Vous serez moins sévère avec le révérend Winston Silvester, supposa Higgins.

— J'aime mieux parler de lui que d'Amélia Keates ! affirma le musicien, visiblement soulagé. Quel homme admirable ! Pour moi, c'est notre plus grand théologien ; quoique non spécialiste, j'ai eu l'occasion d'assister à quelques cours qu'il a donnés et j'ai été émerveillé. Enfin un religieux qui sait s'exprimer de façon claire et n'hésite pas à aborder les grands sujets comme le mal, le péché ou l'avenir de l'Église ! Sa connaissance des textes anciens est prodigieuse ; saint Augustin, saint Thomas, Scot Érigène et tant d'autres n'ont aucun secret pour lui ; il lit le latin et le grec avec une facilité déconcertante, mais demeure simple et abordable.

— Avez-vous eu l'occasion de discuter avec lui ?

— Trois fois.

— Quel fut le thème de vos entretiens ?

— Les rapports de la musique avec la religion, et la spiritualité de l'art de Jean-Sébastien Bach. Le révérend Winston Silvester ressent profondément le mysticisme de ses *Messes* et de ses *Cantates*, et je lui ai démontré que, dans la moindre fugue, cet immense génie avait fait rayonner sa foi.

— Êtes-vous croyant, monsieur Davies ?

— Bien entendu, inspecteur ; comment peut-on vivre sans croyance ? Pour bien jouer Bach, il faut partager ses convictions.

— Le mariage ne vous tente-t-il pas ?

Le musicien parut gêné.

— C'est une question... un peu indiscrète et sans rapport avec votre enquête.

— Simple routine, monsieur Davies ; pardonnez-moi d'avoir été si direct.

— Je n'ai jamais songé à me marier, parce que mon art et mes recherches sont trop exigeants. Comme je n'aurais pas le temps d'accorder suffisamment d'attention à une épouse et à des enfants, ils seraient forcément malheureux, et cette aventure insensée se terminerait par un naufrage. Ne vaut-il pas mieux l'éviter ?

— Est-ce le conseil du révérend Winston Silvester ?

— Non, nous n'avons pas abordé ce sujet.

— Saviez-vous qu'il se trouvait à Canterbury ?

— Non.

— N'est-ce pas étonnant ? Il aurait dû vous prévenir de sa venue.

— Nous ne sommes quand même pas intimes,

inspecteur ! Le révérend n'a pas à m'informer de ses déplacements.

— Connaissait-il l'une des autres personnes présentes dans la cathédrale ?

— Je l'ignore.

Higgins prenait des notes sur son carnet noir ; le musicien s'en inquiéta.

— Est-ce si important, ce que je dis ?

— Vos propos ne doivent pas être déformés, monsieur Davies ; et certains pourraient nous mettre sur la bonne voie.

— Ah oui... Cet horrible meurtre ! En tout cas, vous pouvez exclure le révérend Winston Silvester de la liste des suspects.

— Pourquoi ?

Philip Davies parut stupéfait.

— Mais... Parce qu'il est le révérend Winston Silvester ! L'imaginez-vous détruire une existence humaine ? C'est impensable !

— Il n'en va pas de même pour Chester Rockson, je suppose.

Le visage du musicien devint très froid.

— Drôle de bonhomme.

— Qu'avez-vous à lui reprocher ?

— Rien de précis, mais je n'apprécie pas beaucoup le pèlerinage.

— C'est pourtant une vieille coutume.

— Je ne critique pas l'idée du pèlerinage, mais son exploitation commerciale... Et de ce côté-là, Chester Rockson ne manque pas de punch. Il s'est emparé des vieilles coutumes pour en faire une véritable entreprise, avec son tintamarre et sa vulgarité. On s'éloigne de plus en plus de l'esprit sacré de cette démarche.

— Chester Rockson n'a-t-il pas été choisi pour son dynamisme ?

— Tout le monde dit que c'est un excellent chef de pèlerinage, c'est vrai, mais je déplore quand même son attitude commerciale trop agressive. Je me demande si cet homme-là a une foi religieuse bien authentique.

— Si elles en doutaient, les autorités ecclésiastiques auraient-elles approuvé sa nomination ?

Le musicien posa une main lasse sur le bord du tombeau.

— Parfois, je me demande si le profit ne prime pas tout le reste, même dans les milieux où il ne devrait avoir aucune place. Mais il ne faut pas être pessimiste... Les vraies valeurs reviendront, j'en suis sûr, et des individus comme Rockson retourneront à leur vraie place, dans le monde des affaires.

— Le soupçonneriez-vous de malhonnêteté ?

— Ah... non, je n'irais pas jusque-là.

— Mais c'est une hypothèse envisageable, suggéra Higgins.

— Peut-être... Mais ce n'est qu'une rumeur. Si on commence à prêter attention à ce genre de bruit, on soupçonnerait tout un chacun des pires vices. Ce Rockson ne m'est guère sympathique, je l'avoue, mais ce n'est pas une raison pour le couvrir d'opprobre.

— Avez-vous eu l'occasion de lui faire part de vos réserves sur son comportement ?

— Non... Je suis discret de nature.

Scott Marlow n'accepta pas cette explication.

— Auriez-vous peur de Chester Rockson, monsieur Davies ?

— Moi, mais...

— N'est-il pas, physiquement, beaucoup plus fort que vous ?

— C'est possible, mais je ne reculerais pas devant lui si j'avais à l'affronter ! Comme je ne suis pas d'un esprit querelleur, je garde mes opinions pour moi et j'évite une altercation inutile. Après tout, Rockson fait son travail en accord avec les autorités, et je n'ai pas à m'en mêler. Le mien me suffit amplement.

— Croyez-vous Chester Rockson capable de violence ? demanda Higgins.

— Je n'en ai aucune idée !

— J'ai du mal à vous croire, puisque vous avez observé son comportement comme chef du pèlerinage ; par conséquent, décrire son caractère ne devrait pas être difficile.

Les petits yeux gris du musicien s'emplirent de fureur.

— Qu'est-ce que vous essayez de faire, au juste ? M'obliger à proférer des accusations contre un homme pour vous permettre de l'arrêter, c'est ça ! C'est une stratégie scandaleuse, messieurs, tout à fait scandaleuse ! Si toutes vos enquêtes sont menées de cette manière, le nombre d'erreurs judiciaires doit être considérable.

— Ne le prenez pas sur ce ton, recommanda Scott Marlow ; nous menons cette enquête criminelle comme nous l'entendons et ne tiendrons aucun compte de vos remarques, désobligeantes ou non. En revanche, si vous dissimulez un fait important, vous aurez de gros ennuis.

Le sermon du superintendant fut efficace ; Philip

Davies détourna la tête et se concentra sur le tombeau.

— Excusez-moi, je ne voulais pas...

— Oublions cet incident, recommanda Higgins, et soyez sincère, monsieur Davies, sans tenir compte de nos éventuelles réactions : savez-vous quelque chose qui pourrait faire soupçonner de meurtre Chester Rockson ?

Philip Davies ne réfléchit pas longtemps.

— Non, inspecteur.

## CHAPITRE XIII

— Si nous en venions à cette femme rousse ? proposa Higgins.

Philip Davies parut étonné.

— Laquelle ?

— Celle qui se trouvait dans la cathédrale et que vous avez vue dans la nef.

— Ah oui, je me souviens... Que voulez-vous que je vous dise ?

— La connaissiez-vous ?

— Non, je crois vous l'avoir dit ; c'est la première fois que je la voyais.

— Quelle fut votre impression ?

— Je ne sais pas trop... Vulgaire et inquiétante.

— Pourquoi, inquiétante ?

— Vous me demandiez une impression, je vous la donne. Elle ne repose probablement sur rien, comme la plupart des impressions.

— Un détail ne vous frappe-t-il pas ?

— Je devrais être étonné ?

— Il me semble.

L'organiste fronça les sourcils.

— Mais oui, vous avez raison... Elle aurait dû couvrir ses cheveux avec un foulard !

— Qu'en concluez-vous, monsieur Davies ?

— Que cette femme n'est pas chrétienne !

— En ce cas, que faisait-elle dans la cathédrale de Canterbury ?

Le musicien frappa dans ses mains, comme s'il applaudissait.

— Alors, c'est elle, l'assassin ! Elle n'est entrée dans la cathédrale que pour tuer ce malheureux révérend !

— Hypothèse intéressante mais conclusion trop hâtive, jugea Higgins.

— Ça me paraît pourtant simple et imparable, s'entêta Philip Davies ; une païenne n'a aucun respect de la vie humaine, contrairement aux chrétiens. Et elle a sûrement supprimé un ecclésiastique avec plaisir ! Vous tenez votre coupable, c'est certain... Le roux n'est-il pas la couleur du diable ? Une fois de plus, il a frappé, et sous l'apparence d'une femme !

— N'oublions pas Tracy Richard, recommanda Higgins.

L'exaltation de l'organiste retomba.

— Est-il nécessaire d'en parler, alors que vous venez d'élucider cette affaire ?

— S'il vous plaît.

L'insistance souriante de Higgins dissuada Philip Davies d'éluder la question.

— J'ai eu l'occasion d'échanger quelques propos avec lui et je l'ai tout de suite trouvé sympathique. Quand il est arrivé à Canterbury avec son projet, il a été plutôt mal accueilli.

— En quoi consistait-il ?

— À sculpter en cire, et grandeur nature, des pèlerins de l'époque médiévale, d'après les récits des chroniqueurs. Une idée qui pouvait paraître farfelue, j'en conviens, mais qui manifestait un bel enthousiasme pour la tradition et le passé.

— Avez-vous vu ses œuvres ?

— Il m'a montré sa première sculpture, un pèlerin en prière, les mains jointes vers le ciel, les yeux exorbités, la bouche entrouverte ; son expression était d'un mysticisme remarquable. Moi, j'ai été stupéfait, beaucoup ont estimé que l'œuvre était trop réaliste et ne méritait pas d'être montrée à un vaste public. Tracy Richard s'est adressé à des personnages influents de l'archevêché et a tenté de les convaincre qu'une exposition renforcerait l'attrait du public pour le pèlerinage.

— Résultat ?

— Il a été très mal reçu ; on l'a traité de provocateur, d'esprit torturé, que sais-je encore...

— Et vous l'avez soutenu.

— Oui, inspecteur ; pour avoir moi-même traversé des moments pénibles, je sais qu'un réconfort moral est indispensable lorsqu'on se heurte à la critique et au mépris.

— Vous êtes donc devenus amis.

— Non, mais je l'ai simplement encouragé à continuer. Il possède une belle force de caractère et n'était pas abattu au point de renoncer.

— Un original, d'après vous ?

— Tout artiste ne doit-il pas l'être ? Sinon, il demeure dans la grisaille et dans la banalité. Je vous concède que Tracy Richard ne fait guère d'efforts pour se présenter correctement et que son apparence est plutôt choquante; des cheveux longs et des vêtements de toutes les couleurs n'ont rien de rassurant pour des ecclésiastiques habitués à davantage de discrétion. Moi-même, j'ai été scandalisé au premier abord, mais ses propos m'ont convaincu de sa sincérité artistique, et il m'est apparu davantage comme un collègue que comme un adversaire. Et il aime tellement l'Angleterre !

— N'en est-il pas originaire? questionna Scott Marlow.

— Non, il est né au Canada et y a vécu jusqu'à l'âge de vingt-cinq ans; mais sa grande passion, c'était l'histoire de notre pays, et il n'avait qu'un désir : venir vivre ici. La lecture des *Contes de Canterbury* de Chaucer l'avait fasciné, et il voulait traduire en sculptures la vie des acteurs des pèlerinages qui sont devenus ses compagnons de chaque jour. À mon avis, il a parfaitement réussi.

— Que faisait-il dans la cathédrale au moment du drame? interrogea Higgins.

— Il cherchait certainement un endroit pour exposer ses sculptures. Le problème divise encore les autorités; la majorité s'oppose à une telle initiative, mais la minorité gagne chaque jour du terrain, et Tracy Richard espère bientôt imposer ses vues. Encore faut-il que l'emplacement choisi ne choque personne.

— Qu'en pense le directeur du pèlerinage, Chester Rockson?

— Oh, lui, pourvu que ça favorise l'affluence !

— L'œuvre de Richard ne vous paraît-elle pas trop... commerciale?

Le musicien parut vexé.

— C'est un idéal artistique, inspecteur.

— De quoi vit-il ?

— De ses économies, je crois.

Higgins ferma son carnet noir.

— Avez-vous des projets de voyage, monsieur Davies ?

— Oh non, inspecteur ! Mais j'ai beaucoup de retard à rattraper... Le prochain concert ne se préparera pas tout seul.

— Du Bach, j'espère ?

— Bien entendu.

— À bientôt, monsieur Davies.

Raide, mal à l'aise, hésitant à prendre ses jambes à son cou, l'organiste s'écarta d'abord à reculons puis sortit de la cathédrale à pas précipités.

## CHAPITRE XIV

Un mot incongru vint à l'esprit de Higgins lorsqu'il vit venir vers lui le révérend Winston Silvester, accompagné de Scott Marlow : facétieux.

L'épithète ne pouvait convenir à un théologien passant sa vie à établir d'austères penseurs, mais elle s'imposait pourtant lorsqu'on contemplait le visage espiègle du révérend, ses petites lunettes rondes d'étudiant rêveur, et un imperceptible sourire au bord des lèvres. La soixantaine épanouie, Winston Silvester progressait dans la nef d'un pas calme et paisible.

— Enchanté de vous connaître, inspecteur Higgins, j'ai eu le temps de bavarder un peu avec le superintendant Marlow, qui m'a dit tout l'intérêt que Scotland Yard portait à cette enquête. Croyez bien que moi-même et l'Église à travers ma modeste personne vous en savons gré.

— Nous ferons de notre mieux pour identifier l'assassin au plus vite, poursuit Higgins.

— Fasse le ciel qu'il ne vous échappe pas ; une cathédrale est un lieu de paix et de recueillement qu'aucun scandale ne devrait troubler.

— Nous comptons beaucoup sur vous, révérend, pour nous expliquer ce qui s'est passé.

— Sur les événements eux-mêmes, je crains de ne pas vous être très utile.

— Qu'avez-vous vu et entendu ?

— Je me trouvais dans le transept nord-ouest, entre la chapelle des Doyens, que l'on appelle aussi Notre-Dame-du-Martyre, et l'entrée du cloître ; après avoir rendu hommage au tombeau de l'évêque Peckham, je priais face au calvaire. Il m'a semblé entendre un cri, mais je me suis méfié de mon ouïe un peu défaillante, ces temps derniers, à cause d'une otite ; puis il y a eu un deuxième cri, moins fort que le premier, mais plus déchirant. J'ai fixé le visage du Christ, me demandant si je n'étais pas la victime d'une hallucination ou... d'un miracle. Un troisième cri m'a ramené à la réalité. Il provenait de l'intérieur de la cathédrale, mais d'où exactement, je serais incapable de le préciser. Quelques secondes plus tard, peut-être une minute, des bruits de pas ; un peu dans tous les sens, sans doute parce que plusieurs personnes couraient. Je me suis avancé dans la nef et j'ai vu, en effet, des hommes et des femmes, plutôt affolés, qui se rassemblaient. Cédant à l'instinct grégaire qui nous habite tous, j'ai suivi le mouvement. Nous nous sommes dirigés vers le portail sud-ouest, sous l'autorité d'un homme à la barbe et aux cheveux blancs, qui nous a recommandé de rester à l'intérieur de la cathédrale ; je n'ai pas eu le temps d'échanger le moindre propos avec mes compagnons du moment, car des employés de la cathédrale sont très vite arrivés. Ils sont allés vers le chœur et, à leur affolement, il était aisé de comprendre que quelque chose d'effroyable venait de se produire. Nous fûmes rapidement reçus par l'archevêque qui nous demanda de patienter avant d'éventuels interrogatoires ; disposant d'une chambre à l'archevêché, aimablement accordée par les autorités locales, je n'ai vu là qu'une légère contrainte qui m'a permis d'étudier plus à fond un document étonnant, l'*Entente de Winchester*, datant de 1072, qui établit la primauté de la province de Canterbury sur celle d'York. Un événement historique fondamental dans l'histoire de l'Église, et un texte qui comporte un détail amusant ; regardez !

Le révérend Winston Silvester sortit de la poche droite de son pantalon la photographie du document.

— Regardez là, cette croix : savez-vous de quoi il s'agit ? De la signature de Guillaume le Conquérant, lequel ne savait pas lire ! Remarquez, nos hommes politiques signent bien des documents qu'ils n'ont ni lu ni compris... Au fond, rien n'a changé.

Higgins lut le texte latin écrit avec grand soin.

— N'y a-t-il pas la formule *ego concedo ?*

— Mais si, inspecteur ! Elle signifie « j'accepte », et elle a été écrite par l'archevêque d'York qui reconnaissait ainsi, de manière formelle, la prééminence de Canterbury. Seriez-vous latiniste, à vos heures ?

— Quelques souvenirs d'étudiant, sans plus.

— Oxford ?

— Je vous dois la vérité, révérend : Cambridge.

— Ah... La situation est grave. Je vous propose une solution qui atténuera cette opposition à jamais inconciliable : conversons dans le cloître de la cathédrale, il nous offrira le calme et la sérénité nécessaires.

C'était un maître d'œuvre du Kent, Stephen Lote, qui avait édifié le grand cloître à partir de 1397 ; il avait adopté le style dit « perpendiculaire », aussi grandiose que celui de la nef, et possédant déjà le souffle puissant du flamboyant. Jaillissant des piliers qui délimitaient des ouvertures sur le centre du cloître, des arcatures montaient vers la voûte et faisaient songer à des palmes entrecroisées.

Les trois hommes marchèrent sur le pavage ancien, sur lequel avaient marché des générations de moines, méditant sur les commandements de Dieu et les fins dernières de l'humanité.

— C'est un merveilleux endroit, dit le révérend Winston Silvester ; pourtant, là-bas, vous apercevez le portail par lequel est passé Thomas Becket pour entrer dans la cathédrale où la mort l'attendait. Assassiner un archevêque dans sa cathédrale, est-il meurtre plus abominable ? Par bonheur, on ne tue plus les religieux dans les églises.

— Détrompez-vous, révérend.

— Pardon, inspecteur... Ai-je mal compris ?

— Les cris que vous avez entendus étaient ceux du révérend Bryan Johnson qui a été assassiné dans la chapelle de la Trinité.

— Bryan... Assassiné... Ici...

Winston Silvester porta la main à son cœur.

— Je voudrais... m'asseoir.

Marlow et Higgins aidèrent le révérend à s'installer sur la banquette de pierre qui bordait le mur du cloître.

Visiblement éprouvé, il mit plusieurs minutes à reprendre son souffle et ses esprits.

— J'ai mal compris, c'est évident... Vous n'avez

pas parlé de l'assassinat d'un révérend au cœur de la cathédrale de Canterbury ?

— C'est la triste réalité.

— Mais qui... Qui a pu commettre un acte pareil ?

— Nous l'ignorons encore.

— Comment... Comment cette monstruosité a-t-elle été accomplie ?

— Avec une extrême violence.

— Ne pouvez-vous m'en dire davantage ?

— Non, révérend.

— C'est impensable, impensable... Qui a pu imaginer et exécuter un pareil forfait ? Pardonnez-moi, messieurs, mais j'ai peine à admettre la vérité.

— Si je ne m'abuse, vous avez dit : « Bryan » en parlant de la victime.

— Bryan, oui, bien sûr.

— Dois-je comprendre que vous connaissiez bien le révérend Bryan Johnson ?

— Ce cher Bryan... Oui, je le connaissais bien.

# CHAPITRE XV

Scott Marlow se sentit soulagé ; grâce au témoignage du révérend Winston Silvester, l'enquête allait certainement progresser à pas de géant.

— Pouvez-vous parler de lui ? demanda Higgins.

— C'était un homme merveilleux, doux, calme, qui résidait à l'écart du monde, dans une petite maison où avaient vécu ses parents, près d'Oxford. Cette modeste bâtisse se dresse au fond d'une impasse où les bruits de la ville ne parviennent pas. Jusqu'à sa disparition, sa vieille mère s'occupait de lui ; elle préparait un thé parfait et des muffins moelleux... Et je ne vous parle pas de ses canapés au saumon et au navet frais que j'ai souvent eu l'occasion de déguster, tout en dialoguant avec Bryan à propos de *La Cité de Dieu* de saint Augustin ou d'un traité de saint Anselme. Son chat roux sautait sur mes genoux et ronronnait quand nous tombions d'accord sur l'analyse d'un concept théologique particulièrement ardu.

— Avait-il des ennemis ?

— Des ennemis ? Seigneur, non ! Il invitait parfois des étudiants à déjeuner, leur demandait de faire preuve de la plus grande rigueur morale et de ne pas céder aux tentations de l'existence actuelle. Ce n'était pas un discours à la mode, certes, mais Bryan ne se préoccupait pas d'être populaire et de caresser les gens dans le sens du poil. Pour lui, la grandeur de l'Église passait avant tout, et le respect de la tradition était seul garant de l'avenir. À Oxford, tout le monde l'aimait et le respectait.

— Le considériez-vous comme un rigoriste ?

— D'une certaine manière, oui.

— Est-ce également votre cas, révérend ?

Winston Silvester leva une main lasse et la laissa retomber sur sa cuisse.

— Il faut être lucide, inspecteur ; les Anglais sont persuadés que Dieu n'existe pas, mais qu'il est prudent de le prier de temps à autre, surtout en situation d'urgence. Et puis les vieux thèmes de l'Église, Dieu, le diable, le bien et le mal, n'intéressent plus personne... Si un religieux veut être écouté, il doit parler de politique, du social, du communisme, de la bombe atomique, mais surtout pas de religion.

— Le révérend Bryan Johnson en avait-il conscience ?

— Cette tendance le révoltait ; il m'avait même confié qu'à son avis l'Église d'Angleterre serait bientôt un bateau à la dérive.

— Voilà une grave accusation contre la hiérarchie.

— Ce n'était qu'une simple confidence.

— Approuvez-vous cette critique ?

— Il faut savoir garder la mesure, inspecteur ;

l'Église a traversé bien des crises et elle en traversera bien d'autres ; je suis persuadé qu'elle saura s'adapter aux conditions du moment sans perdre ses valeurs d'origine. Encore faut-il les connaître... Et c'est sur ce point que je suis le plus pessimiste ; combien de religieux disposent encore d'une bonne formation théologique ?

— J'ai deux questions indiscrètes à vous poser, révérend.

Le regard de Higgins était à la fois calme et ferme.

— J'espère pouvoir y répondre, mon fils...

— Pourquoi le révérend Bryan Johnson se trouvait-il à Canterbury et pourquoi vous y trouviez-vous ?

Le révérend Winston Silvester ôta ses lunettes, les essuya avec un mouchoir de lin, et les rechaussa.

— Ce sont deux excellentes questions, inspecteur.

— Vos réponses sont essentielles pour nous permettre de connaître la vérité.

— C'est bien possible... Dans d'autres circonstances, j'aurais refusé de répondre. Mais Bryan a été assassiné, et je n'ai pas le droit de garder pour moi ce que je sais.

Scott Marlow avait vu juste ; ainsi, c'était bien le religieux qui détenait le secret de la mort tragique de son confrère.

— Mon ami Bryan redoutait d'avoir commis une grosse bêtise et il était venu implorer l'aide de son saint préféré, Thomas Becket.

— Une grosse bêtise... de quel ordre ?

— Un problème religieux sans importance pour la police.

— Et vous-même ?

— Comment, moi-même ?

— Quelle est la raison de votre venue à Canterbury, en même temps que votre ami ?

— Un encouragement dans la foi... Dans l'épreuve, seule compte la charité.

— Cette attitude vous honore, révérend, mais vos arguments vous paraissent-ils suffisants et convaincants ?

Le théologien eut un petit sourire.

— Vous êtes quelqu'un de très subtil, inspecteur.

— Je tente de découvrir la vérité, révérend, et je souhaite une participation plus active de votre part.

— C'est un peu... difficile.

— Je vais peut-être vous aider.

— Ah... Et de quelle manière ?

— En vous montrant un document.

Le théologien fronça les sourcils.

— Un document qui me concerne ?

— Il vous passionnera, j'en suis sûr ; il s'agit d'une sorte de testament rédigé par le révérend Bryan Johnson et qu'il portait sur lui lorsqu'il a été assassiné. Vous en avait-il parlé ?

— Non, non... J'ignorais qu'il avait rédigé un testament.

— Le terme est un peu inexact, mais vous saurez sans doute traduire les volontés sous-jacentes du défunt.

Higgins montra le texte au révérend. Malgré son sang-froid, il ne parvint pas à dissimuler complètement son émotion et sa contrariété.

— Qu'en pensez-vous ?

— Difficile à dire...

— Ce qu'a fait le révérend Bryan Johnson, affirme-t-il lui-même, ce fut par amour de l'Église ; de quel acte s'agit-il, à votre avis ?

— Un avis n'est pas suffisant, il faudrait une certitude.

— Grâce à vous, précisa Higgins, deux détails sont éclaircis : la mention *ego concedo*, « j'accepte », et la croix avec laquelle le révérend Bryan Johnson a signé. Enfin, éclaircis... J'ai deux hypothèses à vous proposer : d'une part, il a utilisé une formule épiscopale ; d'autre part, il a imité, avec une grande précision, la croix de Guillaume le Conquérant. Êtes-vous d'accord ?

— Oui, c'est plausible.

— Était-il adepte de telles bizarreries ?

— Euh... non, inspecteur.

— Comment les expliquez-vous ?

— Je suis... perplexe.

— Il est clair que votre ami attachait une grande importance à ce document et que le moindre détail a compté lors de sa rédaction. Nous devons donc supposer que, tout modeste qu'il fût, le révérend Bryan Johnson s'est identifié à un archevêque et à un grand guerrier. Surprenant, non ?

— Votre interprétation est peut-être... excessive.

— N'est-elle pas fondée sur des faits ?

— Peut-être, mais vos conclusions sont stupéfiantes.

— Auriez-vous une autre interprétation ?

— Sur le moment, non, mais j'y réfléchirai.

— C'est une excellente idée, révérend.

— J'y songe... Vous avez dû trouver un autre document sur le cadavre de Bryan.

— De quel ordre ?

— Eh bien... Un autre texte, mais beaucoup plus long.

## CHAPITRE XVI

Scott Marlow fut étonné.

— Pouvez-vous nous décrire ce document, révérend ?

— Il s'agit d'un cahier rouge, de petite taille mais assez épais qu'il conservait toujours sur lui.

— Une autre confession ? suggéra Higgins.

— Oh non, une œuvre historique et littéraire ! Un travail de recherches étalé sur plusieurs années et consacré à la vie de saint Thomas Becket.

— Avait-il terminé ?

— Je crois que oui.

— Une œuvre novatrice ?

— Je l'ignore, mais Bryan était un savant méticuleux ; il a dû éclaircir quantité de points de détail et apporter de multiples précisions. Tel que je le connaissais, il a vérifié et revérifié avant de rédiger la moindre ligne. Pour lui, ce texte était vraiment essentiel ; sa publication aurait été le couronnement de sa carrière d'érudit et le plus bel hommage du saint qu'il vénérait. Et dire qu'il est mort assassiné, comme Thomas Becket, dans la cathédrale de Canterbury ! Le destin est parfois incroyable, tout à fait incroyable... Qui aurait supposé que la même tragédie se reproduirait et que la victime serait précisément le meilleur connaisseur de Thomas Becket et son fidèle serviteur?

— N'accordons-nous pas une part trop belle à la fatalité? demanda Higgins.

— Que sous-entendez-vous, inspecteur?

— Que ni le révérend Bryan Johnson ni vous-même n'êtes venus à Canterbury par hasard.

— C'est vrai, puisque mon ami Bryan venait chercher la bénédiction de saint Thomas Becket pour son manuscrit, avant de le publier.

— Admettons... Mais vous-même? Il y avait bien cette charité chrétienne que vous évoquiez, mais pourquoi s'exerçait-elle?

— Mettez-la sur le compte de l'amitié.

— Le révérend Bryan Johnson avait-il besoin de votre amitié pour solliciter la bienveillance de son saint vénéré?

Winston Silvester leva les mains au ciel.

— Non, bien sûr!

— Il est clair que vous nous cachez un fait important, révérend, et que votre fonction vous interdit de mentir.

Le théologien sourit.

— Vous me prenez au piège, inspecteur.

— Je vous mets simplement devant vos responsabilités, révérend.

— Il y a du vrai.

— Pourquoi ce mutisme?

— Ce que je sais n'a aucun rapport avec votre enquête.

— Ne faites-vous pas marche arrière, révérend?

— J'admets que j'ai trop parlé et que je vous ai donné un faux espoir ; pardonnez-moi, messieurs. Je n'avais pas l'intention de vous causer des soucis.

— Réfléchissez bien, révérend ; votre appréciation des faits n'est peut-être pas la bonne.

— Entendu, inspecteur ; je réfléchirai.

Higgins feuilleta son carnet noir.

— Nous avons la certitude que l'assassin faisait partie des personnes présentes dans la cathédrale au moment du drame ; acceptez-vous de nous communiquer vos impressions à leur sujet ?

— Bien entendu, mais il ne s'agira que d'impressions.

— Ah, j'oubliais... Le révérend Bryan Johnson a-t-il récemment reçu une forte somme des États-Unis ?

— Certainement pas !

— Pourquoi cette certitude ?

— Bryan détestait les États-Unis, et je ne vois aucune raison pour laquelle il aurait perçu la somme que vous évoquez.

— Votre ami avait-il l'habitude de porter sur lui une sorte d'amulette ou de talisman ?

Le théologien sourit de nouveau.

— Ce n'est pas très religieux, je le reconnais ; mais même un théologien peut s'autoriser quelques superstitions. Bryan aimait beaucoup un petit badge en forme de cloche ; en fait, il l'avait acheté il y a bien longtemps, lors de son premier pèlerinage à Canterbury. Entre théologiens, nous nous amusions de ce petit travers ; parfois, lorsque nous prenions le thé, il posait le badge sur la table et me disait : « Tu te rends compte, je me comporte presque comme un païen ! »

— Vous-même, auriez-vous une amulette comparable ?

— Non, je me contente de quelques manies de vieux garçon... J'ai ma tasse de thé préférée, j'aime les parquets bien cirés et je nettoie souvent mes lunettes.

— Enseigner la théologie est-il un art difficile ? demanda l'ex-inspecteur-chef.

— Il faut un certain doigté, je crois, à une époque où c'est une matière un peu... marginale. Mais j'aime voir des esprits s'éveiller à des réalités théologiques qui semblent si éloignées des préoccupations contemporaines. Une lumière dans la nuit, petite sans doute, mais une lumière.

— Philip Davies a assisté à quelques-uns de vos cours, d'après ses propos.

— C'est exact, inspecteur.

— Un auditeur attentif ?

— Très recueilli, en effet ; n'est-ce pas naturel, pour un musicien habitué à se concentrer sur les difficiles partitions de Jean-Sébastien Bach ? Ce grand maître a composé des mélodies habitées par la présence du divin, des mélodies qui élèvent l'âme et la rapprochent du ciel.

— Que pensez-vous de Philip Davies, révérend ?

— C'est un jeune artiste de grand talent, d'un parfait sérieux, auquel une brillante carrière est promise. Certes, on lui a mis des bâtons dans les roues, mais l'épreuve lui a forgé le caractère.

— L'excluriez-vous de la liste des suspects ?

— Bien entendu !

— Pourtant, vous ne le connaissez pas très bien.

— Nous avons beaucoup parlé de religion et de

musique, et il a manifesté une grande sensibilité ; cet homme-là ne peut pas être un assassin.

— Il porte pourtant une certaine violence en lui.

— N'est-ce pas le cas de chaque être humain ? À chacun de dominer ses pulsions mauvaises et de rechercher le bien. Une vaste tâche, je le reconnais, mais aussi le plus bel espoir de l'humanité ! Il ne faut pas cesser de progresser sur ce chemin, quelles que soient les difficultés.

Higgins tourna une page.

— L'assassin serait donc quelqu'un d'autre, estima l'ex-inspecteur-chef ; si nous parlions de Nataniel King ?

## CHAPITRE XVII

— Nataniel King, répéta le révérend Winston Silvester... L'homme aux cheveux et à la barbe blanche, n'est-ce pas ?

— C'est bien lui, confirma Higgins.

— Il m'est apparu comme un homme honnête, courageux et autoritaire. Son attitude a calmé l'agitation qui s'emparait de nous ; grâce à son intervention, nous avons gardé une certaine dignité, malgré l'inquiétude ambiante.

— Quelqu'un a-t-il eu un aparté avec lui ?

— Non, je ne crois pas.

— Vous n'aviez donc jamais vu Nataniel King auparavant ?

— Non, inspecteur.

— Ni même entendu parler de lui ?

— Pas davantage ; dans quelle branche travaille-t-il ?

— Il s'occupe de la restauration des monuments médiévaux.

— Quitte à vous surprendre, je vous avoue que j'ai visité peu d'édifices de cette époque ; voyager n'est pas mon fort, et je préfère passer de longues heures de recherche dans les bibliothèques d'Oxford, en compagnie de vieux théologiens qui ont su nous parler de Dieu, de l'homme et du monde.

— Vous souvenez-vous d'un homme aux cheveux longs ? interrogea Higgins.

— Oui, avec des vêtements vaguement médiévaux et tout à fait multicolores... Plutôt jeune, la trentaine environ.

— Exact, révérend.

Winston Silvester fit la moue.

— Pour être franc, il n'attire guère la sympathie ; il m'a paru très nerveux, il ne cessait pas de remuer, exigeait de sortir au plus vite de la cathédrale. M. King l'a calmé, et il s'est tenu tranquille. Mais voilà un garçon qui n'est pas en paix avec lui-même.

— Lui avez-vous parlé ?

— J'ai préféré me tenir à l'écart.

— Redoutiez-vous un comportement violent ?

— Je ne me sentais pas d'atomes crochus, comme on dit, et j'étais plutôt étonné de trouver un personnage comme celui-là dans la cathédrale de Canterbury. Quel est le métier de ce jeune homme ?

— Il sculpte en cire les pèlerins de Canterbury, d'après les textes anciens.

— Quelle étrange idée... Mais pourquoi pas ?

— Il y avait encore un autre homme.

Le théologien réfléchit.

— Oui, un personnage carré, presque aussi autoritaire que Nataniel King ; avec ses épaules carrées, il m'a fait songer à un athlète.

— Son nom est Chester Rockson ; il ne vous évoque rien ?

— J'avoue que non.

— Sa nomination a pourtant été publiée dans le *Times*.

— Je ne lis aucun journal, inspecteur.

— Chester Rockson est le nouveau chef du pèlerinage de Canterbury.

— Ah... un rôle ingrat et difficile, je crois ! Les fidèles ne manquent pas, mais la discipline n'est pas toujours leur point fort. À Oxford, nous ignorons ce genre d'agitation, malgré la présence des touristes. Savez-vous qu'il y a de plus en plus d'étrangers, notamment des Français, dont les mœurs sont souvent déplorables ? On devrait interdire l'entrée des collèges d'Oxford à ce public ignorant et n'admettre dans ces augustes enceintes que des érudits capables de lire le latin et le grec. Nos anciens, eux, ne lésinaient pas sur ces principes.

— Comment s'est comporté Chester Rockson ?

— Il était plutôt calme, si ma mémoire est bonne ; il a écouté les recommandations de M. King et s'y est conformé.

— Avec qui a-t-il échangé des propos ?

— Dans ces moments d'angoisse, il n'y a eu que des bribes de conversation, plutôt incohérentes ; chacun posait une question à propos des cris, espérant que l'autre fournirait une réponse. Nous avons tous pris conscience de notre ignorance et de la réalité du drame ; il y avait bien eu des cris, mais pourquoi ?

— Si je comprends bien, personne n'a avancé une explication.

— En effet, inspecteur.

— Vous souvenez-vous des femmes, révérend ?

— Il y en avait deux : une petite blonde et une grande rousse.

— Laquelle avez-vous remarquée en premier ?

— La grande rousse. Quelle étrange personnalité... On aurait juré que ses yeux verts, très perçants, cherchaient à connaître le secret de chacun. Elle m'a mis plutôt mal à l'aise, je le confesse, et je n'ai pas cherché à soutenir son regard. Et cette absence de foulard... Même si elle n'est pas chrétienne, elle pourrait respecter le lieu sacré dans lequel elle a osé entrer. Je ne voudrais pas être critique, mais cette créature est vraiment ce que l'on peut appeler une « femelle », voire une femelle tentatrice ! Je déconseillerais vivement à tout homme de bien de s'en approcher.

Le révérend baissa la voix.

— Savez-vous qui elle est, inspecteur ?

— Une extralucide.

— Une sorcière dans la cathédrale de Canterbury !

— Nous ne connaissons pas encore l'étendue de ses pouvoirs.

— Des pouvoirs maléfiques, soyez-en sûr !

— Votre ami Philip Davies est persuadé qu'elle est une criminelle.

— Aurait-il une preuve ?

— Aucune, mais il a la conviction que cette païenne n'a pu entrer dans la cathédrale qu'avec l'intention de supprimer le révérend Bryan Johnson.

— On ne peut quand même pas accuser sans preuve, même si cette hypothèse est bien tentante.

— Ne disposez-vous pas d'un élément concret pour formuler votre accusation ? interrogea Higgins.

— Hélas, non ! Mais quelle froideur dans son attitude... Une femme très déterminée, c'est certain. Déterminée et dangereuse.

— La petite blonde vous a-t-elle paru plus inoffensive ?

— Certes, inspecteur.

— Pourtant, elle non plus ne cachait pas ses cheveux avec un foulard.

Le révérend Winston Silvester parut perplexe.

— Vous avez raison, tout à fait raison, mais cela ne m'a pas frappé, peut-être parce qu'elle porte des cheveux courts... Et puis son attitude était très réservée, contrairement à celle de la grande rousse. Elle m'est apparue comme une personne timide, sachant se tenir à sa place.

— N'était-elle pas choquée ?

— C'est probable, en effet ; je ne m'étais pas posé la question. En tout cas, je suis persuadé que cette jeune personne est très sérieuse ; puis-je connaître sa profession, si elle en a une ?

— Amélia Keates s'occupe de la restauration des sculptures anciennes.

— Je ne me trompais pas ! Travaillait-elle dans la cathédrale ?

— En effet.

— Elle doit donc être une excellente technicienne... Étant donné son jeune âge, c'est remarquable. Être jolie et réservée, ce n'est pas donné à toutes les femmes. En se consacrant à la beauté créée par nos anciens, elle ouvrira son cœur aux commandements du Seigneur.

— Rien, dans son comportement, ne vous a intrigué ?

— Certes pas, inspecteur.

Higgins ferma son carnet noir.

— Merci de votre aide, révérend.

— Je peux... partir ?

— Ne quittez pas Canterbury sans notre autorisation. Et surtout : réfléchissez.

— Je n'y manquerai pas.

## CHAPITRE XVIII

Higgins resta dans le cloître et médita sur le témoignage du révérend Winston Silvester qui éclairait d'une lueur nouvelle le nouveau drame de Canterbury. Pourquoi le théologien refusait-il de dire tout ce qu'il savait ? Lui connaissait la « faute » commise par la victime, mais refusait de la lier au crime.

À tort ou à raison ?

De toute évidence, ce mutisme s'expliquait par des raisons religieuses ou, plus exactement, liées plus ou moins directement à la hiérarchie ecclésiastique. D'une manière ou d'une autre, l'ex-inspecteur-chef devrait découvrir ce que lui cachait le révérend Winston Silvester.

Pénétrèrent dans le cloître Scott Marlow et un homme athlétique, aux épaules carrées, au front large et bien dégagé, au nez très droit, aux yeux noirs et autoritaires. Tout, en lui, respirait la puissance ; on le sentait capable, au premier abord, de régir une foule, de donner des ordres et de les faire respecter.

— Monsieur Rockson, je présume ?

— En effet.

— Je suis l'inspecteur Higgins ; voici mon collègue Scott Marlow, superintendant de Scotland Yard.

— Je ne suis pas très impressionnable, d'ordinaire, mais ce déploiement de forces policières ne présage rien de bon... Y a-t-il eu un véritable drame, dans la cathédrale ?

— En doutez-vous ?

— Je n'ai reçu aucune information.

La voix était grave et bien posée ; à quarante-cinq ans, Chester Rockson était en pleine forme et n'avait pas besoin de hausser le ton pour s'imposer.

— Relatez-nous votre version des faits, monsieur Rockson.

— C'est assez simple : je me trouvais à peu près au milieu du bas-côté nord, entre le transept nord-ouest et le transept nord-est, quand j'ai entendu un cri. Un cri terrible, qui m'a glacé le sang. À cause de l'acoustique particulière à cet endroit, entre le mur et la paroi extérieure du chœur, j'ai été incapable de dire si le cri venait de la nef ou de l'abside. Puis il y a eu un deuxième cri, moins fort mais tout aussi déchirant, et peut-être un troisième, presque étouffé. Cette fois, j'étais presque sûr qu'il provenait de l'abside, mais j'ai entendu un bruit de pas en direction de la nef et j'ai couru dans cette direction.

— À ce moment-là, qui avez-vous vu ? demanda Marlow.

— Ça vous paraîtra peut-être curieux, mais ce n'est pas facile de répondre à cette question... Plusieurs personnes déboulaient en même temps dans la nef, et il m'est impossible de dire laquelle précédait l'autre. En tout cas, il y avait Nataniel King, le chef de travaux, qui semblait faire barrage à Philip Davies, l'organiste ; puis, à peu près en même temps, j'ai vu le sculpteur Tracy Richard, la spécialiste des restaurations, Amélia Keates, et un petit bonhomme aux lunettes rondes qui m'avait tout l'air d'être un religieux. Et la dernière personne que j'ai aperçue, c'était une grande rousse. Fière allure, ma foi.

— Est-elle arrivée dans la nef *après* les autres ?

— Je ne pourrais pas le jurer, superintendant ; il y avait une telle confusion, presque une panique, que nous étions tous un peu perdus.

— Vous ne semblez pas être homme à perdre aisément votre sang-froid, remarqua Higgins.

— C'est vrai, inspecteur, mais si vous aviez entendu ces cris ! Le premier surtout, un appel déchirant, dans la paix de cette cathédrale... Il y avait de quoi remuer l'être le plus froid.

Chester portait des favoris qui lui donnaient un air farouche, presque hautain.

— Quand vous vous êtes tous retrouvés dans la nef, demanda Marlow, y a-t-il eu des altercations ?

— Des altercations ? Non. Un petit début de bousculade, vite éteinte, grâce à l'autorité de Nataniel King. Nous avons tous accepté de rester dans la cathédrale pendant qu'il allait chercher le sacristain et ses aides qui sont arrivés presque aussitôt. Ils se sont dirigés vers le chœur et ont dû y voir quelque chose d'horrible pour en revenir très vite. On nous a demandé d'aller à l'archevêché, et l'archevêque en personne nous a priés d'attendre les suites de l'enquête.

— Où résidez-vous, monsieur Rockson ?

— Dans une demeure de fonction, tout près de la cathédrale.

— Voulez-vous nous montrer l'endroit où vous vous trouviez quand vous avez entendu les cris ?

— Bien sûr... Mais qu'est-il arrivé exactement ?

— Un meurtre, répondit l'ex-inspecteur-chef.

Le chef du pèlerinage entrouvrit la bouche comme un boxeur venant de recevoir un uppercut dans l'estomac.

— Un... meurtre ! C'est bien le mot que vous avez prononcé ?

— C'est bien celui-là.

— Qui a-t-on assassiné ?

— Le révérend Bryan Johnson.

— Qui est-ce ?

— Vous est-il inconnu ?

— Tout à fait, inspecteur.

— Bryan Johnson était un érudit d'Oxford venu en pèlerinage à Canterbury.

— En pèlerinage ?

— Sa démarche était très personnelle, et il ne tenait pas à se mêler aux autres pèlerins.

— Venir à Canterbury pour y être assassiné... Incroyable !

Visiblement choqué, Chester Rockson conduisit les deux policiers jusqu'au bas-côté nord, à la gauche du chœur lorsqu'on était face à l'abside.

— Voilà, j'étais ici.

— Pour quelle raison ? demanda Higgins.

— Pour étudier les modalités de la visite des pèlerins. Lors des grandes cérémonies, par exemple à Noël, ils sont rassemblés dans la nef où je fais disposer des chaises ; le chœur est installé devant le jubé, et les voix montent vers la voûte, dans un élan magnifique. Mais lorsque les visiteurs veulent découvrir en masse la cathédrale, il faut bien établir un sens de circulation ; donc, aller vers le chœur en empruntant l'un des bas-côtés, et en revenir par l'autre. C'est ce choix que je voulais établir pour la première arrivée des pèlerins, dès la réouverture de la cathédrale.

— Depuis quand dirigez-vous le pèlerinage, monsieur Rockson ?

— Depuis moins d'un an.

— Quelle fut votre formation ?

— J'ai été scout très jeune et je n'ai pas abandonné cet idéal ; peu à peu, j'ai appris à organiser de grandes manifestations publiques, ici ou là. Puis j'ai découvert le fameux chemin des pèlerins de Canterbury qui part de Winchester et traverse le sud de l'Angleterre pour aboutir au village de Harbledown, le dernier mentionné par Chaucer. Un haut lieu, croyez-moi ! Pour faire oublier le meurtre de Thomas Becket, le roi Henri faisait chaque année un don à la léproserie ; la leçon n'a pas été oubliée, puisque les maisons de retraite de l'endroit reçoivent encore des dons de la Couronne. Je suis tombé amoureux de la cathédrale et de ses environs ; le poste de chef du pèlerinage étant devenu vacant, j'ai posé ma candidature, et les autorités religieuses l'ont acceptée. Une belle aventure, je le reconnais.

Higgins leva la tête.

— Superbe, en vérité.

C'est un architecte français, Guillaume de Sens, qui a achevé le transept, révéla Chester Rockson ; à mon avis, il a imprimé sa marque, ici aussi. Triste fin que la sienne, hélas !

— Que lui est-il arrivé ? interrogea l'ex-inspecteur-chef.

— Alors qu'il s'occupait de la construction de la haute voûte de la croisée, Guillaume de Sens est tombé de l'échafaudage ; il n'est pas mort, mais ne s'est pas remis de ses blessures. Contraint de quitter l'Angleterre, il décéda en 1180, en France, loin de sa chère cathédrale de Canterbury. Mais son œuvre lui a survécu et elle continuera à manifester son génie.

— Un détail me chiffonne.

— Lequel, inspecteur ?

— Il me faut tenter une petite expérience, monsieur Rockson. Superintendant, auriez-vous l'obligeance de marcher vers l'abside, de passer devant les tombeaux des archevêques Chichele et Bourchier, de vous arrêter à l'entrée de la chapelle de la Trinité et de prononcer les mots « Scotland Yard » aussi puissamment que vous le pourrez ?

# CHAPITRE XIX

Quelque peu surpris, Scott Marlow se plia aux exigences de l'ex-inspecteur-chef ; à l'aide d'un honnête organe, il s'acquitta de sa tâche.

— Curieuse acoustique, reconnut Higgins ; on ne sait pas trop d'où vient le son, en effet. Le pèlerinage a-t-il les mêmes buts qu'autrefois, monsieur Rockson ?

— Oui et non, inspecteur ; les pèlerins souhaitent toujours la rémission des péchés mais croient rarement que leurs multiples maladies seront guéries. Au Moyen Âge, on venait ici pour recouvrir la santé, se débarrasser de la lèpre ou d'autres affections réputées incurables. Grâce à Thomas Becket, élevé à la dignité de saint par son martyre, des miracles se sont produits, et chaque pèlerin espère qu'il s'en produira encore.

— Est-ce votre propre conviction ?

— Dans un monument aussi extraordinaire que celui-ci, tout est possible.

Soudain, une belle et chaude lumière, transfigurée par le filtre des vitraux, emplit l'immense vaisseau.

Ce petit miracle remplit d'admiration Higgins, Marlow et Chester Rockson.

— Si nous poursuivions cet entretien à l'extérieur ? proposa l'ex-inspecteur-chef. Le soleil nous adresse une invitation qu'il serait bon d'honorer.

Le trio sortit de la cathédrale par le portail sud-ouest, passa devant l'entrée occidentale et se dirigea vers la partie nord, comprenant les principaux édifices monastiques des XIe et XIIe siècles.

— Lorsque vous êtes tous allés à l'archevêché, interrogea Higgins, quelqu'un a-t-il eu un comportement plus ou moins bizarre ?

— Je n'en ai pas eu le sentiment.

— Dans cette affaire, obtenir un témoignage tranché n'est pas chose facile ! estima Scott Marlow, bourru.

— Notre sainte mère la terre, les arbres et toute la nature sont les témoins de nos pensées et de nos actions, superintendant ; c'est pourquoi nous devons être sincères et fidèles à notre ligne de conduite.

— Une belle ambition de scout, monsieur Rockson, mais rarement réalisée !

Higgins ouvrit son carnet noir à la page sur laquelle il avait dessiné le badge cher au révérend Bryan Johnson.

— Cet objet vous est-il familier, monsieur Rockson ?

— Certes, inspecteur !

— Où l'avez-vous vu ?

— J'en connais des centaines d'exemplaires ! C'est l'un des badges les plus répandus depuis le Moyen Âge, la fameuse cloche qui sonne les heures de notre vie et nous invite à prendre conscience de la dimension spirituelle de notre existence. Un modeste petit objet, certes, mais rempli de signification. Il y a d'autres badges, en forme de petite église ou de T, l'initiale de Thomas ; tout pèlerin se doit d'en porter un, comme signe distinctif de sa marche vers Dieu. C'est peut-être naïf, mais émouvant ; et je n'aime pas ceux qui critiquent ces vieilles croyances.

— Loin de nous cette idée, affirma Higgins ; parmi les récents pèlerins dont vous avez eu à vous occuper, l'un d'eux a-t-il attiré votre attention ?

— Pas particulièrement.

— N'y avait-il pas un Américain prêt à dépenser beaucoup d'argent ?

— Non, inspecteur.

Le trio arriva face aux murs du grand cloître et de la bibliothèque, vestiges du prieuré démantelé par Henri VIII en 1540. Très rase, la pelouse était d'une verdeur réconfortante ; ici, le temps n'usait ni l'herbe ni les pierres.

Higgins s'approcha d'une étrange construction, une petite tour comportant des baies cintrées à sa partie inférieure et des fenêtres à meneaux au premier étage ; l'ensemble était couronné par un toit conique.

— À quoi servait cet édifice ? demanda l'ex-inspecteur-chef.

— C'était le château d'eau roman, répondit Chester Rockson, il date du XII$^{e}$ siècle et a été construit à l'initiative du prieur Wibert. Un véritable chef-d'œuvre, qui n'est pas seulement une antiquité !

— Serait-il encore en fonction ?

— Mais oui ! Jadis, l'eau passait dans des tuyaux de cuivre et aboutissait dans la grande citerne du premier étage. Les moines y faisaient leurs ablutions, et le système d'alimentation en eau de cette époque est toujours en usage. Parfois, je me demande si nos progrès sont bien réels... Et le prieur Wibert s'est montré d'une rare astuce en utilisant l'eau de pluie, drainée par les gouttières implantées sur le toit de la cathédrale, pour nettoyer les canalisations du prieuré et en chasser l'eau stagnante.

— Les fenêtres ne sont-elles pas postérieures à l'édifice primitif ?

— Si, comme le toit de plomb ; c'est le prieur Chillenden qui les a ajoutées, au début du XVe siècle.

Higgins avança à l'intérieur de « la tour d'eau », d'où partait un couloir aboutissant au transept nord-est de la cathédrale. Puis il revint à l'air libre.

— Connaissez-vous bien Philip Davies ?

Le chef du pèlerinage hésita.

— « Bien » est un terme excessif ; mais c'est un individu original qui attire l'attention.

— « Original » est-il une critique dans votre bouche ?

— Non, mais Davies ne fait rien pour se concilier son entourage ! Il est sans doute un organiste brillant et un musicien digne de la fonction qui lui a été attribuée, mais ne cherche pas à se montrer aimable. À force d'être solitaire, il risque de s'enfermer sur lui-même et de perdre le contact avec le monde.

— Croyez-vous qu'il apprécie les fastes du pèlerinage ?

— Certainement pas, inspecteur ! Pour lui, le pèlerinage fait trop de bruit et attire trop de gens ; ce n'est qu'une entreprise commerciale qui n'a plus le moindre caractère sacré.

— Que répondez-vous à ces critiques, monsieur Rockson ?

— Qu'elles sont excessives. On m'a confié la tâche d'organiser le pèlerinage le mieux possible, de faire resplendir Canterbury comme un joyau convoité, et de gommer les difficultés quotidiennes pour permettre aux sentiments religieux de s'épanouir.

— Pardonnez-moi cette question très directe, mais quelle est l'ampleur du profit que vous tirez de cette activité ?

Chester Rockson ne parut pas choqué.

— J'ai un bon salaire, mais ne touche aucun pourcentage sur les différentes transactions qui s'effectuent lors des pèlerinages ; la vente d'objets pieux n'enrichit que les artisans et les commerçants.

— Philip Davies vous a-t-il critiqué directement ?

— Non, il s'est peut-être contenté de répandre des rumeurs... Mais c'est sans importance.

— Les rumeurs peuvent détruire une réputation, souligna l'ex-inspecteur-chef.

— Un chef de pèlerinage est jugé sur ses actes.

— N'avez-vous pas envie de vous expliquer franchement avec Philip Davies ?

— Si, inspecteur, mais j'ai estimé que ce serait inutile ; nous vivons dans deux mondes parallèles qui ne se rejoindront jamais. Au fond, quelle importance ? Il se consacre à sa musique, moi au pèlerinage, et nous essayons l'un et l'autre de faire notre travail correctement. Lors de ses interventions à l'orgue, pendant les cérémonies, Davies a toujours été impeccable. Que lui demander de plus ?

— Des êtres rigides et renfermés, comme lui, ne

dissimulent-ils pas une violence si contenue qu'elle finit par exploser ?

Chester Rockson hocha lentement la tête.

— Je ne pense pas que Davies soit l'un de ces êtres-là. D'abord, il n'a jamais été violent à l'égard de quiconque ; ensuite, son comportement traduit surtout une sorte de rigorisme nourri par sa volonté de perfection. Les fugues de Bach ne tolèrent pas la moindre approximation, et Philip Davies veut se montrer à leur hauteur. D'une certaine manière, il est un moine sans robe de bure mais avec une règle de vie implacable.

— Savez-vous pourquoi il se trouvait dans la cathédrale au moment du drame ?

— Je l'ignore.

— Étant donné les heures de travail qu'il s'impose, il n'a guère le loisir de flâner et d'admirer les monuments.

— Comme tout le monde, il a quand même besoin de se détendre.

— Et il aurait choisi la cathédrale de Canterbury pour s'y reposer ?

— Là, vous m'en demandez trop !

— Le meilleur ami de Philip Davies n'est-il pas Nataniel King ?

— Il semble bien.

— Réfléchissez, monsieur Rockson : Nataniel King était-il le témoin le plus proche de la partie occidentale de la nef ?

# CHAPITRE XX

Le chef du pèlerinage prit son temps.

— Il y avait tellement de confusion... Néanmoins, je crois pouvoir vous répondre par l'affirmative.

— Vous croyez ou vous croyez en être sûr? insista Scott Marlow.

— J'en suis aussi sûr qu'on peut l'être, dans les circonstances que j'ai vécues.

— Comment vous entendez-vous avec Nataniel King? interrogea Higgins.

— Ce n'est pas un homme commode, et moi non plus; notre première rencontre ne s'est pas trop bien passée, car je l'ai dérangé alors qu'il étudiait un plan, dans le chœur. Des pèlerins voulaient le visiter, je ne savais pas qui il était, et je lui ai demandé de s'en aller. Sa réaction ne fut pas des plus aimables, mais après coup, je le comprends! Notre petite altercation fut très brève, les nuages se sont vite dissipés, et nous avons terminé cette entrevue autour d'une pinte de bière, dans un pub de la ville. À cette occasion, j'ai découvert un type sympathique, amoureux de son métier et d'une compétence extraordinaire.

En plus, il est célibataire, comme moi, et complètement absorbé par son travail.

— Vous êtes-vous revus souvent ?

— Hélas, non ! Ce fameux travail est plus exigeant qu'une maîtresse passionnée, et ni lui ni moi n'avons disposé des loisirs nécessaires pour nous rencontrer de nouveau. Nataniel va de chantier en chantier, et j'ai l'impression qu'il s'intéresse davantage aux vieilles pierres qu'aux humains.

— Cette attitude vous choque-t-elle ?

— Un peu, je l'avoue... J'admire les cathédrales et les églises, mais le matériau humain, si j'ose m'exprimer ainsi, n'est-il pas plus important ? Depuis mon adolescence, je me frotte aux comportements des uns et des autres et je ne le regrette pas, même si chaque jour apporte son flot de difficultés. Enfin... chacun son chemin.

— L'attitude de Nataniel King ne lui attirait-elle pas des critiques de la part de la hiérarchie religieuse ?

Chester Rockson sourit.

— Vous le savez déjà, inspecteur, ou vous êtes très intuitif ?

— Je vous laisse choisir.

— Le résultat est le même... C'est vrai, King a connu de sérieuses difficultés, malgré ses compétences, pour obtenir la restauration de la cathédrale de Canterbury, parce que certains dignitaires de l'Église ont mis en doute l'authenticité de sa foi.

— Réalité ou procès d'intention ?

— Je l'ignore, mais il est certain que Nataniel King ne semble pas être un pratiquant assidu. Personnellement, bien que je sois un croyant convaincu, je m'en moque ; il est plus utile en sauvant nos vieilles églises qu'en prêchant une dévotion pour laquelle il n'est pas fait.

— Vous êtes un homme de contacts et de relations, monsieur Rockson.

— Je l'espère, inspecteur.

— Nataniel King connaissait-il quelqu'un d'autre que vous-même et Philip Davies parmi les personnes présentes dans la cathédrale, au moment du drame ?

Le directeur du pèlerinage afficha une moue dubitative.

— Honnêtement, je ne le pense pas, mais je ne le connais pas suffisamment pour être catégorique.

Higgins tourna une page de son carnet noir.

— N'est-ce pas une méthode un peu archaïque pour prendre des notes ? s'étonna Chester Rockson. Vous pourriez utiliser des techniques modernes.

— J'éprouve quelque peine à me défaire de mes vieilles habitudes.

— Si elles sont efficaces...

— Que pensez-vous d'Amélia Keates ? demanda Higgins.

— Eh bien... Je la trouve plutôt jolie.

— Voulez-vous dire : attirante ?

— Difficile de prétendre le contraire.

— Je pensais que vous évoqueriez d'abord ses qualités professionnelles.

— Elles sont grandes, paraît-il, mais je ne possède pas les compétences pour les juger.

— La femme semble plus vous intéresser que la technicienne.

— Le nier serait hypocrite.

— Sans être indiscret, avez-vous eu une aventure avec cette jeune femme ?

— C'est très indiscret, inspecteur ! Mais pourquoi ne vous répondrais-je pas ? Non, malheureusement, aucune aventure et aucun espoir, d'autant moins que je me sens incapable de lui faire part de mes sentiments.

— Est-elle si intimidante ?

— Inaccessible. Quels termes utiliser pour ne pas la choquer ? C'est une intellectuelle, je suis un pragmatique... Autrement dit, l'alliance impossible de la carpe et du lapin.

— Qui n'ose rien n'obtient rien.

— Facile à dire, inspecteur ; mais c'est bien mon avis, et je n'ai pas l'habitude de tergiverser. Tout le monde vous confirmera que je suis un homme d'action. Mais là, je deviens un petit garçon en proie au doute et à la peur... C'est complètement idiot, je l'admets, mais je ne parviens pas à surmonter ce blocage. À mon avis, il existe une bonne raison pour ne pas insister : cette femme n'est pas faite pour moi. Peut-être ses origines nous écartent-elles l'un de l'autre.

— Que voulez-vous dire ?

— Elle est américaine, et je suppose que sa façon de penser et de vivre est particulière.

— Auriez-vous renoncé à tout projet de mariage ?

— Je crois que oui ; il faut connaître ses limites et ne pas trop demander à la vie. J'ai eu de la chance d'obtenir la direction du pèlerinage de Canterbury ; pourquoi rechercher d'autres bonheurs ?

— Comment Amélia Keates est-elle jugée, d'après les échos que vous pouvez entendre ?

— Elle est très appréciée en tant que professionnelle de la restauration ; ses très brillantes études l'ont imposée, et l'on attend ses diagnostics avec impatience.

— Je perçois une certaine réserve dans votre voix, monsieur Rockson.

— Une déception, plutôt.

— Toujours d'ordre sentimental ?

— Non, d'ordre technique ; on n'accorde peut-être pas à cette jeune femme la place qui lui revient, parce qu'elle est une femme et parce qu'elle est jeune. C'est tout un chantier qu'il faudrait lui confier et pas seulement telle ou telle œuvre ancienne.

— Nataniel King ne serait probablement pas d'accord, avança Higgins.

— Toujours aussi intuitif, inspecteur !

— Les heurts entre M. King et Mlle Keates furent-ils violents ?

— Oh non ! Ils se sont battus par administration interposée, ordres, contrordres, notes de service... Amélia n'est pas maladroite à ce petit jeu, mais elle n'est pas encore de taille à lutter contre un directeur de travaux aussi expérimenté que Nataniel King.

— Lui reprocheriez-vous son attitude ?

— Non, je la comprends ; son expérience l'autorise à être un patron autoritaire.

— Vous admettez ne pas très bien connaître Amélia Keates, monsieur Rockson ?

— Oui, à mon grand regret.

— Nous ne pouvons donc exclure un affrontement direct entre Nataniel King et Amélia Keates, hors de la présence de témoins.

— Pourtant, je l'imagine mal ; Amélia est une femme très réservée, très maîtresse d'elle-même.

— Avait-elle l'habitude de travailler dans la cathédrale, à l'heure où le crime a été commis ?

La question de l'ex-inspecteur-chef surprit Chester Rockson.

— Non, je ne pense pas... Elle avait des horaires de travail normaux, mais elle ne comptait pas son temps. Si elle avait un détail à vérifier, ce pouvait être tôt le matin ou tard le soir; il me paraît impossible de tirer argument de ce détail pour faire peser sur elle des soupçons. Et vous imaginez vraiment Amélia Keates commettre un meurtre?

## CHAPITRE XXI

— Désolé de vous décevoir, répondit Higgins, mais nous sommes obligés de soupçonner toutes les personnes présentes dans la cathédrale à l'heure du crime. L'une d'elles est l'assassin du révérend Bryan Johnson.

Chester Rockson ferma les yeux quelques instants.

— Vous êtes Scotland Yard et je suppose que vous avez raison.

— Sage résolution, jugea Scott Marlow ; si vous savez quelque chose de compromettant sur Amélia Keates, ne le dissimulez pas. Ce serait une faute grave.

— Je vous ai tout dit, superintendant, et je suis persuadé que cette jeune femme est innocente.

— Seriez-vous si affirmatif à propos de Tracy Richard ? interrogea Higgins.

Chester Rockson croisa les bras et se révolta.

— Je ne vous suis plus très bien, messieurs ; quel rôle entendez-vous me faire jouer ? Je ne soupçonne personne, je ne détiens aucune preuve contre personne ! Et s'il faut vous l'affirmer haut et fort, je n'ai pas tué ce malheureux révérend !

Higgins garda son calme.

— C'est de votre sens de l'observation et de votre connaissance des êtres dont nous avons besoin, monsieur Rockson ; est-il besoin de prendre la mouche pour autant ?

Le chef du pèlerinage se détendit un peu.

— Bon... Je suppose que vous interrogerez les autres de la même manière ?

— Bien entendu.

— Tant mieux... Je ne voudrais pas être le seul à donner mon opinion. Elle est forcément négative et je...

— Ne soyez pas si soucieux, recommanda Higgins, et contentez-vous d'être sincère ; le superintendant et moi-même trierons le bon grain de l'ivraie. Si nous en revenions à Tracy Richard ?

Chester Rockson ne cacha pas son amusement.

— Sacré Tracy... Quand il est arrivé à Canterbury, avec ses cheveux longs et ses vêtements multicolores, vous imaginez le scandale qu'il a provoqué ! Il fut aussitôt mis au ban de la société et considéré comme une sorte de vagabond auquel aucun honnête homme ne pouvait adresser la parole.

— Et vous avez osé ?

— J'ai été intrigué, quand j'ai appris que ce curieux personnage avait loué un vaste atelier dans les faubourgs ; ne lui fallait-il pas une certaine aisance financière ? Par curiosité, je lui ai rendu visite. Et là, ce fut la surprise ! Il m'a bien accueilli et m'a offert le thé avec le classicisme d'un Anglais de pure souche.

— Ne l'est-il pas ?

— Il est canadien et s'en vante ; nous avons longuement parlé de grands espaces, d'automnes aux couleurs fabuleuses, d'étés torrides et de vrais hivers, avec un manteau blanc que chaque Canadien finit par aimer, parce qu'il est beauté et silence. Il m'a presque convaincu d'aller vivre quelques mois là-bas !

— Pourquoi est-il venu s'installer à Canterbury ?

— Par passion, inspecteur ! Depuis son jeune âge, il s'intéresse à l'histoire de l'Angleterre médiévale, et plus particulièrement à la cathédrale de Canterbury et au pèlerinage. Je devrais plutôt dire : à ses pèlerins. La lecture de vieux auteurs, comme Chaucer, lui a donné envie de représenter dans la cire les hommes et les femmes qui n'hésitaient pas à parcourir de nombreux *miles* pour aller prier saint Thomas Becket. Un projet insensé, mais qu'il a su mener à bien. Quand il m'a montré ses premières œuvres, j'ai été ébloui. Un incroyable réalisme, des visages émouvants, des vêtements plus vrais que nature, des attitudes fascinantes... Les pèlerins d'autrefois étaient ressuscités devant mes yeux !

— Êtes-vous intervenu en sa faveur ?

— C'était le moins que l'on pouvait faire ! Convaincu de son talent et persuadé que ses créations pouvaient être utiles au pèlerinage, j'ai convié quelques représentants de la hiérarchie religieuse à venir voir ses sculptures et à juger par eux-mêmes. Démarche concluante : ils ont donné une sorte d'absolution à Tracy Richard, qui a pu exposer dans la ville. Les pèlerins d'aujourd'hui sont venus voir les pèlerins d'hier, et les sculptures de cire connurent un franc succès.

— M. Richard serait-il devenu un artiste officiel ?

— N'exagérons rien, inspecteur ! Il a simplement trouvé sa place et l'apprécie ; ce n'est pas un garçon ambitieux, mais un artiste qui désire vivre de son travail et se faire apprécier de la population. Tracy Richard n'a pas été déçu par Canterbury, au contraire ; la cathédrale était encore plus belle que dans ses rêves, et il passe son temps à reconstituer le passé, avec un talent que chacun lui reconnaît.

— Ne désirait-il pas exposer à l'intérieur même de la cathédrale ?

— Un autre rêve, en effet ; je le trouvais un peu incongru et j'ai tenté de l'en dissuader. Mais Tracy Richard est têtu, et il tenait à installer ses figures de cire dans cet édifice qu'il aime tant. Malgré mes conseils, il n'en a pas démordu et a essayé, en vain, d'obtenir l'accord de la hiérarchie.

— Avait-il une chance ?

— À mon avis, non ; mais il persévérait et cherchait un endroit qui pût convenir.

— À part vous, Tracy Richard a-t-il des amis ?

— Il est devenu assez populaire, à Canterbury ; tous les habitants ont voulu voir ses sculptures.

— Et parmi les suspects ?

— Je l'ignore, inspecteur.

— Le jugez-vous rancunier ?

— Non, je ne pense pas ; c'est un homme au cœur pur, qui n'a jamais eu un mot hostile contre quiconque. Les sculpteurs du Moyen Âge devaient lui ressembler, uniquement hantés par leur œuvre.

— Est-il croyant ?

Chester Rockson fut troublé.

— Nous n'en avons jamais parlé.

— Vous a-t-il fait des confidences que vous avez jugées étranges ?

— Son seul sujet de conversation, ce sont ses chers pèlerins ; en les sculptant, il retrouve les croyants d'autrefois, ces petites gens qui, parfois, sacrifiaient tout pour se mettre en chemin.

— Vous excluez, en lui, toute forme de violence ?

— Honnêtement, oui ; Tracy Richard ne se préoccupe guère de notre temps, il vit dans *son* époque, celle des pèlerins du Moyen Âge. Si on le laissait faire, je pense qu'il installerait son atelier dans la cathédrale et qu'il n'en bougerait plus.

Higgins tourna une page de son carnet noir.

— Qu'avez-vous pensé de l'autre femme présente dans la nef, le soir du crime ?

— La grande rousse... Je la voyais pour la première fois. Une femme impressionnante.

— Vous a-t-elle inspiré de la crainte ?

— De la crainte, c'est beaucoup dire, mais j'ai ressenti une sorte de malaise. Je ne sais pas qui elle est, mais elle possède une forte personnalité et ne doit pas être facile à manier.

— Un détail ne vous a-t-il pas choqué ?

— Non, je ne crois pas...

— Elle ne portait pas de foulard.

— C'est juste, mais la coutume se perd de plus en plus, et elle n'est pas facile à faire respecter ; Amélia Keates n'en portait pas non plus.

— Rien à nous signaler sur cette femme rousse ? interrogea Scott Marlow.

— Non, superintendant.

— Et sur le révérend Winston Silvester ?

— Un autre révérend... comme la victime ?

— En effet.

— Je le voyais pour la première fois. Ce dont je suis certain, c'est qu'il n'est pas de Canterbury.

— Vous a-t-il paru... normal ?

— Un peu... ébranlé, comme les autres, mais il s'est maîtrisé.

— Ne quittez pas la ville avant la fin de l'enquête, recommanda Higgins.

— Je n'en ai pas l'intention, inspecteur ; malgré cet épouvantable drame, le pèlerinage continuera et je dois m'en occuper.

## CHAPITRE XXII

Une petite femme blonde, aux cheveux courts, marchait vite en direction du trio et capta son attention, d'autant plus qu'elle n'était pas vêtue de manière banale. Sa redingote en laine rouge vif, son pantalon de même couleur et sa chemise en coton à jabot ne passaient pas inaperçus. Elle avait un visage d'adolescente, des traits fins et des yeux verts plutôt agressifs.

Le solide Chester Rockson eut un mouvement de recul.

— Êtes-vous les policiers chargés de l'enquête ? demanda-t-elle d'une voix pointue.

— Je suis l'inspecteur Higgins et voici mon collègue, le superintendant Marlow.

— Quand pourrai-je de nouveau travailler dans la cathédrale ?

Higgins eut un sourire paternel.

— Comment savez-vous que Scotland Yard mène une enquête ?

— Un drame se produit dans la cathédrale, on nous assigne à résidence dans l'archevêché, on nous annonce un interrogatoire, nous sommes considérés comme témoins, voire suspects ! Ça vous suffira, comme présomptions ? Et sauf le respect du superintendant, il est tout à fait évident que le superintendant appartient à la police.

— Ne deviez-vous pas rester dans votre chambre en attendant d'être convoquée ?

— J'en ai assez d'attendre ! Je suis ici pour travailler et faire mes preuves, pas pour tourner en rond dans une chambre. Interrogez-moi et qu'on en finisse avec ces formalités.

Des nuages en formation serrée cachèrent le soleil ; le petit vent qui les poussait était trop irrégulier pour les dissiper. Dès qu'il tomberait, il pleuvrait. Higgins songea au poème en vers libres de Harriett J.B. Harrenlittlewoodrof, une poétesse promise par les vrais connaisseurs au prix Nobel de littérature :

*Les nuages passent, la vie s'estompe ;*
*Les nuages pleurent, l'aube s'éloigne ;*
*Les nuages rient, le soir s'apaise ;*
*Les nuages reviennent et nous partons.*

— Si je ne m'abuse, dit l'ex-inspecteur-chef, vous êtes mademoiselle Amélia Keates.

— C'est bien moi.

— Notre entretien avec M. Rockson étant terminé, puis-je vous proposer de nous accompagner ?

Le visage de la jeune femme se crispa.

— Où voulez-vous m'emmener ?

— Dans la cathédrale, à l'endroit où vous vous trouviez lors du drame.

— Rien de plus facile. Allons-y.

Amélia Keates n'avait pas eu un regard pour Chester Rockson, et ce dernier n'avait pas osé lui adresser la parole.

La jeune femme prit les devants d'un pas alerte et arriva la première à la porte qu'Higgins ouvrit avec sa clé.

Énervée, Amélia Keates progressa rapidement dans la nef, passa à droite du jubé, dépassa le transept sud-ouest et s'arrêta sur le bas-côté sud, avant le transept sud-est, devant le tombeau du prieur Henry d'Eastry.

Higgins et Marlow la rejoignirent quelques instants plus tard.

— Je me trouvais précisément ici, messieurs, quand j'ai entendu un cri atroce.

— Un seul ? demanda Higgins.

— J'ai eu très peur, je l'avoue... Qu'est-ce que ça pouvait bien être ? On aurait juré un animal qu'on égorge. Quelle horreur, mais quelle horreur ! Un autre cri... Oui, il y en a eu un autre moins fort, comme résigné. Et puis, peut-être, un troisième, presque étouffé. J'étais comme pétrifiée, incapable de bouger. Soudain, quelqu'un a couru, du côté de la nef... Non, étant donné les bruits de pas, il y avait plusieurs personnes. Instinctivement, j'ai couru, moi aussi, avec l'angoisse au ventre et l'envie de sortir au plus vite de cette cathédrale où se déroulait un drame incompréhensible.

— Vous êtes très émotive, mademoiselle.

— C'est l'un de mes défauts, en effet ; mais il n'est pas interdit par la loi, que je sache !

— Qu'avez-vous vu, dans la nef ?

Les yeux de la jeune femme se plissèrent.

— Il y avait Nataniel King qui barrait le passage, Tracy Richard le sculpteur, Philip Davies l'organiste, Chester Rockson le chef du pèlerinage... J'ai entendu des pas derrière moi, et j'ai vu un homme d'une soixantaine d'années portant des petites lunettes, sans doute un révérend. Puis est apparue une grande femme rousse.

— En êtes-vous bien sûre ? demanda Marlow.

— On ne peut plus sûre, superintendant ! Cette femme est entrée la dernière dans la nef. J'ai un métier qui exige beaucoup de précision ; c'est pourquoi mon témoignage est précis et définitif.

— Connaissez-vous cette femme ?

— Non, je ne l'avais jamais vue auparavant.

— Vous a-t-elle impressionnée ?

Amélia Keates posa l'index sur ses lèvres minces.

— Sur le moment, je n'y ai pas pensé... Mais maintenant que vous me posez la question, oui, elle m'a impressionnée. Je dirais même beaucoup impressionnée.

— Pour quelles raisons ?

— Elle avait de la prestance et semblait complètement étrangère à l'atmosphère de la cathédrale. On aurait cru qu'une sorte de prêtresse païenne venait de s'introduire dans un lieu de culte chrétien pour y jeter un maléfice.

— Son comportement vous a-t-il paru bizarre ?

— Non, elle était même étrangement calme et a obéi sans discuter aux ordres de Nataniel King.

— Quelqu'un se serait-il rebellé ?

— Rebellé, non, mais il y a eu une certaine confusion... Ces cris terrifiants nous avaient tous affolés, et nous ne songions qu'à nous enfuir.

— N'avez-vous pas eu l'idée de porter secours à quelqu'un qui était certainement en danger ?

— Pas un instant, inspecteur. Pourtant, je n'ai pas le sentiment d'être lâche, mais ces événements étaient si incroyables, si perturbants ! Nous avons vraiment été pris de panique, incapables de raisonner de manière normale. Sans l'intervention de Nataniel King, nous nous serions bousculés pour sortir de cet endroit qui nous semblait soudain hanté par le diable.

— M. King avait donc gardé son sang-froid.

— Plus ou moins... Il nous a demandé de patienter près du portail sud-ouest en attendant l'arrivée du sacristain et de ses aides qu'il allait chercher. Il est revenu très vite avec eux, ils sont allés vers le chœur ; au-delà du jubé, et en sont revenus livides. Ils ont refusé de nous donner des explications, nous avons été conduits à l'archevêché et placés en garde à vue.

— Expression un peu outrée, mademoiselle.

— Je ne suis pas une oie blanche, inspecteur ! Malgré les paroles lénifiantes de l'archevêque, j'ai tout de suite compris que l'on nous considérait comme suspects, puisque l'on nous interdisait de sortir de la chambre qui nous était généreusement offerte, en attendant la suite de l'enquête.

— Où logez-vous, d'ordinaire ?

— Chez Mme Hill, à côté de la cathédrale. Allez-vous enfin me dire ce qui s'est passé ?

— Préparez-vous à un grand choc.

La mise en garde d'Higgins surprit la jeune femme.

— Vraiment ?

— Vraiment !

— Dites quand même, je veux connaître la vérité.

— Le révérend Bryan Johnson a été assassiné, dans la chapelle de la Trinité.

## CHAPITRE XXIII

Le choc fut brutal.

Pendant quelques minutes, Amélia Keates parut frappée de stupeur et incapable de réagir ; Marlow crut même à un malaise.

— Un révérend assassiné, ici, dans la cathédrale de Canterbury, comme Thomas Becket... Ce sont donc ses cris d'agonie que j'ai entendus !

— Connaissiez-vous Bryan Johnson ?

— Non, inspecteur... Était-il de Canterbury ?

— D'Oxford.

— Était-il venu en pèlerinage ?

— C'est un point que nous éclaircirons ; parlez-nous de votre travail.

— Après un tel drame, il vous paraîtra bien dérisoire... Je restaure des détails de sculpture, en m'inspirant des documents anciens, et en respectant scrupuleusement le style de l'époque. C'est bien souvent une tâche très ardue, et je dois d'abord formuler un diagnostic.

— Les autorités religieuses vous ont donc demandé de vous occuper de ce tombeau.

— Oui, parce que le prieur Henry d'Eastry, mort

en 1331, est resté une grande figure de l'histoire de l'Église de Canterbury. On dit de lui qu'il était intraitable et rigoriste mais, pendant quarante-six ans, il a lutté pour la grandeur de son passé et le bien-être de sa communauté avec une énergie incroyable. Il ne craignait pas de s'opposer au pouvoir politique, de braver la noblesse et de refuser toute compromission avec les puissants de son époque. C'est pourquoi il fut le seul prieur à qui l'on accorda l'insigne honneur d'être enterré dans la cathédrale, les nombreux autres tombeaux ne sont que des œuvres d'art, le sien est une véritable sépulture. Malheureusement, son visage est fort abîmé...

Henry d'Eastry, en habits de fonction, était allongé sur le dos, sa nuque reposait sur deux coussins de pierre. Le menton était ferme et volontaire, la bouche autoritaire, mais le nez et les yeux étaient érodés ; défigurée, la physionomie semblait exprimer une souffrance.

— La restauration s'annonce très difficile, estima Amélia Keates, voire impossible ; il me faudra réunir quantité de documents pour obtenir l'idée la plus précise possible de l'œuvre originale, mais je ne suis pas certaine d'aboutir à un résultat qui satisfera les autorités religieuses. Dans certains cas, il vaut mieux renoncer plutôt que de trahir.

— Attitude courageuse, mademoiselle.

— Simple honnêteté professionnelle.

— Vous pratiquez un art difficile, n'est-ce pas ?

— J'ai reçu une excellente formation et j'ai la chance de pouvoir vivre une passion ; à moi d'être sérieuse et rigoureuse pour ne pas la gâcher.

— Nataniel King considère que vous avez du génie dans les mains.

— Lui auriez-vous parlé de moi ?

— Ne travaillez-vous pas ensemble ?

— Il est conducteur de travaux et se consacre à l'architecture, je suis une spécialiste de la sculpture ; nos domaines sont parallèles et très différents.

— N'est-il pas votre patron ?

— Pas du tout ! C'est l'archevêché qui m'a engagée, pas lui.

— Néanmoins, vous travaillez sur son chantier.

— Malheureusement, oui.

— Vous causerait-il des ennuis ?

— Nataniel King est un homme imbu de son expérience et de son autorité ; à ses yeux, je souffre de deux défauts impardonnables : la féminité et la jeunesse. Si j'étais un vieux compagnon, nos rapports seraient excellents.

— Si je comprends bien, vos relations sont plutôt conflictuelles.

— Pas du tout, car je sais me tenir à ma place. King étale sa supériorité, je me tais, et tout va pour le mieux.

— Critiquez-vous sa manière de travailler ?

— Certes pas, inspecteur ! Sa réputation est excellente, il connaît bien son métier. Nos caractères ne s'accorderont jamais, voilà tout.

— Un détail m'intrigue, mademoiselle : pourquoi travailliez-vous si tard, le soir du crime.

— J'ai des horaires de travail comme tout le monde, mais je n'y prête guère attention ; l'essentiel, pour moi, c'est de réaliser le travail le plus parfait possible. Et ce tombeau du prieur d'Henry d'Eastry m'obsède ! J'aimerais tellement lui rendre son véritable visage, tout en sachant que la réussite est hors de portée. J'étais venue le contempler, m'imprégner de sa personnalité, tenter de percer son mystère.

— Où êtes-vous née, mademoiselle ?

Amélia Keates se crispa.

— Ce détail a-t-il une importance ?

— La routine policière, rien de plus.

— Si je refuse de vous répondre, ferez-vous des recherches ?

— La routine, toujours la routine... Nous serions obligés.

La jeune femme croisa les doigts.

— Bien que je sois née en Amérique, je me considère comme Anglaise ; j'ai quitté les États-Unis à l'âge de huit ans, avec une cousine, et je n'ai pas revu ma famille qui ne manifeste aucun intérêt pour la sculpture médiévale et l'art en général. C'est en Angleterre que j'ai fait mes études ; ma vie est ici, j'ai oublié mes origines.

— Nataniel King vous reprochait-il d'être américaine ?

— Une allusion stupide, à deux ou trois reprises ; je l'ai vite remis à sa place. Je suppose qu'il a fait son petit discours habituel sur mon côté arriviste qui m'a conduit à calomnier mes condisciples et à me comporter de la manière la plus vile pour obtenir mon poste... J'ai travaillé, inspecteur, beaucoup travaillé. C'est l'unique secret de mon succès, même s'il a fait beaucoup de jaloux et d'envieux.

— Pourquoi M. King vous poursuit-il de sa hargne ?

— Il ressemble à un vieux sanglier solitaire qui ne supporte personne sur son territoire ; notez que son caractère rugueux n'a pas facilité sa carrière.

Avec un peu plus de diplomatie, il aurait obtenu beaucoup plus tôt de grands chantiers.

— Il doit compter un certain nombre d'ennemis.

— C'est probable, mais je ne me suis pas amusée à les répertorier.

— Savez-vous s'il est entré en conflit avec les autorités religieuses ?

— Je l'ignore, mais ça ne m'étonnerait pas ; aucune autorité ne fait reculer Nataniel King quand il a pris une décision. La reine elle-même ne parviendrait pas à l'impressionner.

Scott Marlow n'apprécia guère cette remarque ; si ce King n'avait aucun respect pour la monarchie, comment ne pas le suspecter des pires forfaits ?

— En étudiant la sculpture médiévale, avança Higgins, vous avez dû vous intéresser à d'autres aspects de la civilisation de cette époque.

— Bien entendu, répondit Amélia Keates, pincée.

— La théologie a-t-elle fait partie de vos centres d'intérêt ?

— J'ai lu un peu de Thomas d'Aquin et quelques auteurs anglais, mais la matière est ardue.

— Avez-vous étudié la vie de Thomas Becket ?

— Pas spécialement.

— Pourtant, ici, à Canterbury...

— Sa châsse fut malheureusement détruite ; d'après les archives, c'était une œuvre magnifique. Il ne nous reste que le souvenir de son martyre.

— Et le pèlerinage.

— Certes, certes...

— Y avez-vous participé ?

— Je n'apprécie guère ce genre de manifestation.

— Que pensez-vous de son organisateur, Chester Rockson ?

[illegible]

Les [illegible] Ne [illegible]
[illegible] pas [illegible] comprendre [illegible] question [illegible]
M. [illegible]

— Voilà [illegible] incompréhensible[illegible]

— [illegible] de [illegible] et [illegible]
[illegible] il [illegible] pas[illegible] [illegible] peut-être
[illegible] il a cherché [illegible] nécessaire [illegible] ce
[illegible] pour [illegible] Je [illegible]

— Avez-vous [illegible] été blessé[illegible]

— Suis-je [illegible] de vous [illegible]

— Non [illegible] que [illegible]

— Je [illegible] [illegible]
[illegible] homme [illegible]
[illegible]

— Êtes-vous [illegible]
avoir déplacé [illegible]

## CHAPITRE XXIV

Amélia Keates hésita à répondre.

— C'est un personnage qui ne m'intéresse pas.

— Vous ne l'avez même pas salué, à l'extérieur de la cathédrale.

— Les mondanités ne sont pas mon fort, et je n'ai pas envie d'entamer une conversation avec M. Rockson.

— Vous aurait-il importunée ?

— C'est le moins qu'on puisse dire ! Avec ses yeux de chien battu et ses attitudes d'amoureux transi, il est insupportable. Depuis que je travaille ici, il a cherché cent fois l'occasion de me parler en privé pour me raconter je ne sais quelle fadaise.

— Avez-vous déjà été fiancée, mademoiselle ?

— Suis-je obligée de vous répondre ?

— Non, si vous jugez ma question indiscrète.

— Je n'ai rien à cacher, moi ! Oui, j'ai été fiancée une fois, avec un jeune homme qui ressemblait à Chester Rockson. Ce fut une catastrophe, et je n'ai pas l'intention de recommencer de sitôt.

— Est-ce la personne même de M. Rockson qui vous déplaît ou son rôle de chef de pèlerinage ?

— Les deux, inspecteur ! L'homme me rappelle de mauvais souvenirs, et son métier m'irrite au plus haut point.

— L'idée d'un pèlerinage vous paraît-elle condamnable ?

— Le pèlerinage fut un magnifique acte de foi au Moyen Âge ; aujourd'hui, ce n'est plus qu'une entreprise commerciale tombée entre les mains d'un être fruste comme ce Rockson.

— N'existe-t-il pas encore d'authentiques pèlerins ?

— Sûrement, mais ils sont noyés dans la masse des curieux et des amateurs de distraction qui passeront de la cathédrale au terrain de football, en se moquant éperdument des merveilles artistiques devant lesquelles ils seront passés sans les voir.

— La masse des pèlerins aide la cathédrale à vivre, précisa Scott Marlow ; c'est tout de même un résultat positif. Les fonds recueillis ne servent-ils pas, en partie, aux travaux de restauration ?

— C'est possible, mais le pèlerinage moderne ne me séduit pas.

— Détestez-vous aussi les badges des pèlerins ? demanda Higgins.

— C'est tout à fait ridicule !

— N'éprouvez-vous pas une certaine tendresse pour les anciennes coquilles Saint-Jacques ou les petites cloches sonnant les heures de notre existence ?

— Vous avez prononcé le mot magique : « anciennes ». Ces modestes témoignages m'émeuvent, mais leurs imitations modernes, répandues à des centaines d'exemplaires, sont dérisoires ; ne comptez pas sur moi pour en acheter.

— D'après vous, mademoiselle, Chester Rockson est-il un homme violent ?

— C'est une question difficile... Je suis consciente de ce que ma réponse pourrait impliquer. Violent... Oui, peut-être, mais ce n'est pas certain. Je dirais plutôt : autoritaire.

— Ne le décriviez-vous pas comme un amoureux transi ?

— Ce n'est pas contradictoire, inspecteur. Lorsqu'il est chef du pèlerinage, Rockson est très à l'aise et montre sa vitalité ; mais face à une femme, il perd sa superbe et semble privé de toute force. J'en conclus que son autorité est liée à sa fonction et non à sa personne. Rockson peut sans doute être violent si l'on désobéit à ses ordres ; mais je le vois plus démonstratif et vociférant qu'efficace. Il suffit de lui faire face, et sa carrure d'athlète se rétrécit.

— Le compareriez-vous à Tartarin de Tarascon, le personnage le plus grotesque de la littérature française ?

— Exactement.

— D'après ce que vous pouvez savoir, Chester Rockson est-il entré en conflit avec les autorités religieuses ?

— Certainement pas, puisqu'il gère une importante source de revenus ; impossible de concevoir Canterbury sans son pèlerinage, n'est-il pas vrai ? Même s'il me déplaît, je ne suis pas assez naïve pour croire qu'il disparaîtra. Rockson a un bel avenir devant lui, comme n'importe quel marchand doué pour exploiter la ferveur populaire.

— Vous semblez lui en vouloir beaucoup, remarqua Scott Marlow.

— Non, bien sûr que non, rétorqua Amélia Keates, irritée.

— Pourquoi nous cachez-vous un fait important à son propos, mademoiselle ?

— Je ne vous cache rien.

— J'ai interrogé quantité de suspects, précisa le superintendant, et je sais interpréter leurs attitudes. La vôtre est significative ; vous ne dites pas toute la vérité.

La jeune femme toucha délicatement son jabot.

— Non, ce n'est pas cela...

— De quoi s'agit-il ?

— De rien, superintendant, de rien du tout.

— Me permettez-vous de proposer une hypothèse ? suggéra Higgins avec douceur.

Amélia Keates répondit avec un sourire gêné.

— Malgré sa rusticité, Chester Rockson vous a émue ; cette faiblesse vous a irritée, n'est-ce pas ?

La jeune femme baissa les yeux.

— Ce n'est tout de même pas une faute grave, mademoiselle ; vous dissimuler derrière une froideur apparente n'empêche pas l'agitation des sentiments.

— Sa persévérance m'a parfois touchée, mais elle n'a fait naître en moi aucun sentiment. Je me suis déçue moi-même, voilà tout ; je pensais être définitivement à l'abri de ce genre d'émotion, mais je ne suis pas aussi forte que je le supposais. Au fond, cette fausse aventure m'a appris à mieux me connaître moi-même et à prendre conscience de mes insuffisances.

— Croyez-vous indispensable de devenir insensible pour être heureuse ?

— Indispensable... L'émotion, les sentiments...

Voilà les nourritures du malheur. Si l'on parvient à s'en libérer, l'horizon s'éclaircit.

— Ne vous exposez-vous pas à une existence grise et terne ?

— Peu importe, si la tranquillité est à ce prix.

— C'est votre vie, mademoiselle, et vous en êtes la seule responsable.

— J'en suis fière, inspecteur.

Higgins consulta ses notes.

— Le sexagénaire aux petites lunettes que vous avez pris pour un révérend en est bien un, du nom de Winston Silvester. Aviez-vous déjà entendu ce nom ?

— Jamais.

— Le révérend vous a qualifiée de « réservée, timide et très sérieuse », pour citer ses propres termes.

— Dois-je me considérer comme flattée ?

— Des compliments venant d'un docteur en théologie d'Oxford sont à prendre au sérieux.

Amélia Keates sourit, un peu détendue.

— Ce révérend ne manquait pas de charme, confessa-t-elle.

— Si vous avez noté ce détail, mademoiselle, son comportement n'a pas dû vous échapper.

— Qu'aurais-je dû remarquer ?

— Une attitude bizarre, un geste déplacé, un regard insolite...

La jeune femme réfléchit longuement.

— Rien de tel... Le révérend m'a paru quelque peu affolé, certes, mais doté d'un grand self-control. Si je n'étais pas irrévérencieuse, je dirais volontiers qu'il avait un regard malicieux derrière ses petites lunettes rondes d'étudiant.

— Même à ce moment tragique ?

— Il ne plaisantait pas, certes, et semblait aussi atterré que les autres ; mais il y avait quand même cette petite lueur.

— Avez-vous échangé quelques mots avec lui ?

— Non, inspecteur.

— Dans la cathédrale, ce soir-là, se trouvait un artiste plutôt original.

— Qui donc ?

— Tracy Richard.

Amélia Keates éclata de rire.

# CHAPITRE XXV

— M. Richard vous amuse-t-il à ce point ? s'étonna Higgins.

— C'est le terme que vous avez utilisé : « artiste ! »... Oh, pardonnez-moi ! J'ai oublié que nous nous trouvions dans une cathédrale. Mais traiter ce malheureux saltimbanque d'« artiste », c'est vraiment trop risible.

— N'est-il pas sculpteur ?

— Inspecteur, vous me décevez ! Comment pouvez-vous employer ce mot, noble entre tous, à propos de Tracy ? Il s'amuse avec de la cire, vit comme un funambule, se nourrit de son propre rêve et finit par croire qu'il est l'un des pèlerins du Moyen Âge qu'il passe son temps à ressusciter. Émouvant et dérisoire...

— Vous l'avez appelé « Tracy ».

— Ne vous méprenez pas, inspecteur ! Bien qu'il soit plus âgé que moi, je considère Tracy comme un enfant. À le voir, on a envie de le protéger, de lui donner l'atelier où il se livrera à son jeu favori et de ne lui parler que de ses figures de cire. Pour lui, elles ont une âme ; il dialogue avec elles, leur lit les poèmes et les récits dont il s'est inspiré pour les fabriquer et se meut dans un univers dont il est l'unique créateur.

— Vous êtes donc son alliée.

— Certainement ! Quand il est arrivé à Canterbury, avec ses cheveux longs et ses vêtements multicolores, il n'a pas reçu le meilleur accueil ; et lorsqu'il a présenté ses projets aux autorités religieuses, ce fut un véritable tollé ! Qui pouvait le prendre au sérieux ? Mais il ne s'est pas découragé, au contraire ; il a investi ses économies dans la location d'un local et s'est mis au travail. Un beau courage, non ? Un artiste et un sculpteur, non, mais un merveilleux rêveur, oui. Et puis, malheureusement...

— Que s'est-il passé ?

— Malheureusement ou heureusement, je ne sais pas, Chester Rockson s'est intéressé à Tracy et à ses pèlerins de cire. Le rêveur devenait utile au pèlerinage, ses rêveries prenaient une valeur économique. Pour Tracy, le miracle.

— Était-il parfaitement heureux ?

— Il lui manquait un dernier bonheur : installer un ou plusieurs pèlerins de cire à l'intérieur de la cathédrale.

— Une étape délicate.

— Un rêve inaccessible, cette fois ! Mais Tracy a l'inconscience des enfants et leur entêtement ; malgré plusieurs refus, il était bien décidé à réussir. Il cherchait un emplacement qui pût convenir et n'avait pas l'intention de renoncer.

— Vous n'avez donc pas été étonnée de le voir dans la nef, le soir du drame.

— Non, car il visitait souvent la cathédrale, à la recherche de son emplacement idéal.

— Avait-il reçu l'autorisation de pénétrer dans l'édifice pendant les travaux ?

— Non, mais Nataniel King, Chester Rockson, Philip Davies, moi-même et sans doute votre docteur en théologie l'avions ; Tracy a dû entrer à la suite d'une personne autorisée, sans se faire remarquer, de même que la grande femme rousse.

— Judicieuse remarque, mademoiselle.

— Surtout, inspecteur, n'allez pas soupçonner Tracy d'avoir commis un meurtre ! Ce garçon est incapable de la moindre violence.

— J'aimerais partager votre optimisme, mademoiselle.

— Je suis certaine que vous ne l'avez pas encore rencontré ! Dès que vous l'aurez en face de vous, vous n'aurez plus aucun doute.

— Est-il fragile ?

— Fragile, non ; impressionnable, sensible, passionné, mais pas fragile ; je ne pense pas qu'un interrogatoire le démontera.

— Puisque vous semblez bien le connaître, Tracy Richard est-il un célibataire endurci ?

— Il n'accorde qu'un intérêt limité aux êtres humains ; j'ai le sentiment que ses figures de cire lui paraissent plus vivantes que la plupart des individus.

— A-t-il admiré votre travail ?

— Il ne s'intéresse qu'au sien et je le comprends, puisqu'il possède son propre monde.

— Êtes-vous aussi indulgente envers Philip Davies ?

D'une main nerveuse, Amélia Keates palpa son jabot.

— Est-il nécessaire de parler de cet individu méprisable ?

— Vous avez commis une erreur, précisa Higgins, en attribuant à Nataniel King de rudes critiques sur votre début de carrière ; je vous le répète, il considère que vous avez du génie dans les doigts et vous promet un bel avenir. La position de Philip Davies est très différente.

— Qu'a-t-il osé dire, ce reptile ?

— C'est lui qui a émis de sérieux doutes sur l'authenticité de votre vocation, intervint Scott Marlow ; il vous a accusée de faire le vide autour de vous, pendant vos études, et d'avoir utilisé des armes peu recommandables pour vous imposer.

— Une vraie vipère, cet organiste sans talent !

— Il ne s'est pas arrêté là, continua le superintendant.

Le fin visage d'Amélia Keates se durcit.

— Et de quoi m'accuse-t-il encore ?

— Est-il exact que vous ayez frappé un rival, contraint de passer plusieurs jours à l'hôpital à cause de ses blessures ?

— Un rival ? Vous voulez parler d'un âne bâté qui m'avait fait des propositions indécentes ! J'étais tellement révoltée que je l'ai repoussé à coups de poing et de pied... Serait-il mort que je n'en aurais éprouvé aucun regret ! Ce n'était qu'un freluquet, d'accord, mais je me serais battue de la même façon contre Goliath ! Je m'emporte encore et j'oublie la paix de ce lieu sacré... Pardonnez-moi, messieurs, mais vous m'avez rappelé une scène tellement révoltante !

— « Organiste sans talent » : pourquoi ce jugement sévère sur Philip Davies ? demanda Higgins.

— Parce que c'est la vérité, inspecteur ! Il est persévérant et besogneux, mais restera un interprète de second ordre. Et je perçois bien sa stratégie : vous révéler les épisodes de mon passé qui pourraient me faire passer pour une criminelle. Ne suis-je pas une femme violente, capable d'assassiner un révérend au cœur de la cathédrale de Canterbury ? Non seulement Davies est nul, mais aussi immonde !

— C'est étrange, mademoiselle ; pourquoi s'acharne-t-il ainsi contre vous et comment a-t-il recueilli des informations sur votre compte ?

Amélia Keates contempla le visage abîmé du prieur Henry d'Eastry, comme si ce dernier pouvait, depuis l'au-delà, lui apporter une aide précieuse.

— C'est tout simple, inspecteur : il veut se venger.

— Quel tort lui avez-vous causé ?

— Pas moi, mon père.

— N'êtes-vous pas brouillé avec lui ?

— Oui, mais pas pour les raisons que j'ai avancées ; mon père était organiste à Philadelphie, professeur de musique et membre de plusieurs jurys internationaux. Il voulait que je devienne pianiste, j'ai refusé et choisi une autre voie qui lui déplaisait. Alors que je quittais les États-Unis, j'ai croisé Philip Davies qui se présentait à un concours. Il a été classé dernier, et mon père s'est montré particulièrement sévère à son égard, lui promettant qu'il l'empêcherait de faire carrière et de massacrer les œuvres de Bach. Comme Davies est un lâche, il n'a pas osé s'attaquer à mon père ; sachant que je partais pour l'Angleterre, il a décidé de me suivre à la trace et d'assouvir sa rancœur sur moi dès que l'occasion se présenterait. Aujourd'hui, elle est magnifique !

— Philip Davies ne vous a pas formellement accusée de meurtre, souligna Marlow.

— Sa méthode est beaucoup plus astucieuse, rétorqua la jeune femme ; il sème le doute et fournit des indices troublants ! Mais je vous jure que je ne connaissais pas le malheureux révérend qui a été assassiné et que je n'avais aucune raison de le supprimer. Vous n'allez quand même pas croire un Philip Davies ?

— L'accuseriez-vous de crime ?

— Lui, un assassin... Non je n'oserais pas formuler une telle accusation.

— Ne quittez pas Canterbury, mademoiselle ; nous nous reverrons.

— J'ai hâte de reprendre mon travail ici, inspecteur ; identifiez l'assassin et ramenez le calme dans la cathédrale.

# CHAPITRE XXVI

Pendant que Marlow allait chercher un autre suspect, Higgins emprunta le bas-côté nord, passa près du tombeau de l'archevêque Chichele et, tournant le dos à la chapelle de la Trinité, contempla le chœur de la cathédrale. Les piliers verticaux avaient la couleur sombre du marbre de Purbeck, les chapiteaux étaient ornés de feuilles d'acanthe ciselées avec un raffinement digne de l'art oriental, les cloisons de pierre séparant le chœur des bas-côtés étaient d'une rare élégance. Les stalles, où avaient pris place tant de moines au cours des siècles, formaient un ensemble sévère contrastant avec l'élan lumineux de la voûte. Le maître d'œuvre Guillaume de Sens avait composé là l'un des plus beaux hymnes architecturaux du Moyen Âge.

L'apparition de Tracy Richard, dans un cadre si auguste, fut plutôt surprenante. Bien qu'âgé de trente ans, le sculpteur sur cire avait un visage d'adolescent rêveur ; son regard semblait perdu dans un monde que lui seul voyait. Cheveux longs, gilet rose, chemise verte, pantalon mauve troué aux genoux, sandales usées lui donnaient une allure de clochard romantique.

— Heureux de vous rencontrer, dit Higgins avec un bon sourire.

— Vous êtes la police ? demanda Tracy Richard d'une voix éteinte et monocorde.

— Je suis l'inspecteur Higgins, de Scotland Yard.

— Et le monsieur qui m'a brutalisé, qui est-ce ?

Scott Marlow s'empourpra.

— Je ne vous ai pas brutalisé, monsieur Richard ! Je vous ai simplement demandé de me suivre.

— Je ne voulais pas.

— Pourquoi refusiez-vous de suivre mon collègue, le superintendant Marlow ? interrogea Higgins.

— Parce que, parce que... Je ne sais pas.

Scott Marlow serra les poings. Il ne supportait pas les malades mentaux qui, par leurs propos insensés, désorientaient les enquêteurs. Interroger celui-là risquait d'être un calvaire.

— Auriez-vous fait quelque chose de mal ? demanda l'ex-inspecteur-chef.

Le sculpteur sourit, à la manière d'un garnement satisfait d'une bonne blague.

— Pas encore.

— Quel est votre projet ?

Marlow était certain que Tracy Richard échapperait à la question par une pirouette ; mais il répondit sans hésitation.

— Retrouver le premier *penny*, frappé à Canterbury en 780, et le garder pour moi ; ce serait fabuleux, non ? Tout le monde le veut, et c'est moi qui l'aurai ! Je le cacherai dans l'une de mes sculptures, personne ne le retrouvera.

— Vous prenez de gros risques.

— J'en ai toujours pris... Sinon, la vie serait trop triste.

— Dans quelle partie de la cathédrale vous trouviez-vous, le soir du drame ?

— Quel drame ?

— Vous avez bien entendu des cris déchirants.

— Des cris... Non.

— Rappelez-vous, monsieur Richard : un cri terrible, suivi d'un deuxième, moins fort, et d'un troisième, plus étouffé.

— Qui a crié ?

— Le révérend Bryan Johnson.

— Pourquoi criait-il ?

— Parce que quelqu'un l'assassinait.

Le sculpteur sur cire parut contrarié.

— Ce n'est pas bien d'assassiner les gens.

La remarque déconcerta Scott Marlow.

— Où vous trouviez-vous précisément quand ce crime a été commis ? demanda-t-il, sévère.

— Moi ?

— Oui, vous, Tracy Richard.

— Mais... Je ne sais pas.

— Nous, nous savons que vous vous trouviez dans la cathédrale, où vous aviez pénétré sans autorisation.

— Ah oui, la cathédrale... J'y vais souvent. Un jour, j'y installerai mes sculptures. Il faut que les pèlerins d'aujourd'hui rencontrent leurs ancêtres et les voient tels qu'ils étaient. Le passé, c'est important, très important ; les gens l'oublient trop souvent. Moi, je le leur rappelle.

— Plusieurs témoins vous ont vu, dans la cathédrale, à l'heure du meurtre, insista le superintendant ; qu'y faisiez-vous et où vous trouviez-vous précisément ?

— Je ne sais pas.

— Cette réponse est inacceptable, Richard.

— C'est la mienne.

— Il nous faut davantage de précisions.

— Je me promenais dans la cathédrale, c'est tout ; je cherchais un emplacement pour installer mes sculptures. Jusqu'à présent, on m'a opposé un refus, mais j'obtiendrai satisfaction, tôt ou tard. Les pèlerins du Moyen Âge doivent être chez eux, ici.

— Étiez-vous dans la nef, dans un bas-côté, dans le chœur ?

— Je ne me souviens plus... Je suis allé un peu partout.

— Et vous prétendez ne pas avoir entendu les cris du révérend ?

— Quand je me promène, je médite ; et quand je médite, je n'entends rien.

— C'est peu vraisemblable.

— C'est comme ça. Scotland Yard ou non, vous n'y changerez rien.

— Par hasard, vous avez couru en direction de la nef.

— J'ai couru... Je ne sais plus. Ce n'est pas certain.

— Qui avez-vous vu, dans la nef ?

— Des gens.

— Des personnes que vous connaissiez ?

— Je ne sais pas, je n'ai pas fait attention.

— Vous aviez les yeux fermés, peut-être ?

— Quand je médite, je ne vois personne. Qu'il y ait dix amis ou cent inconnus dans la nef, ça n'aurait aucune importance.

— Vous êtes donc incapable de nous donner l'identité des personnes que vous avez croisées, même si vous les connaissiez ?

— Incapable.

— Pensez-vous que nous allons vous croire ?

— Ça m'est égal.

Constatant que le superintendant était au bord de l'explosion, Higgins intervint avec calme.

— D'après un témoignage, monsieur Richard, vous désiriez quitter la cathédrale au plus vite.

— C'est normal, non ?

— Pourquoi cette hâte ?

— Je voulais sortir, c'est tout, et quelqu'un m'en a empêché.

— Qui ?

— Quelqu'un... Je ne sais plus. Je n'aime pas qu'on m'empêche d'aller où je veux.

— Aviez-vous une tâche urgente à accomplir ?

— J'ai toujours du travail, avec mes sculptures. Dites, inspecteur... Vous voulez discuter longtemps ?

— Un bon moment, monsieur Richard.

— Ce n'est pas un endroit pour discuter, ici. On serait mieux dans mon atelier.

— Pourquoi pas ?

## CHAPITRE XXVII

Tracy Richard fut ravi de monter à l'arrière de la Bentley du superintendant.

— Elle est vieille, cette voiture... Elle doit avoir une longue histoire. Les vieilles choses ont tout à nous apprendre, il faut avoir confiance en elles.

— Où allons-nous ? demanda Scott Marlow, irrité.

— Tout droit, deuxième à droite, première à gauche, troisième à droite, et au fond de l'impasse. Le stationnement est interdit mais vous, on ne devrait pas vous embêter.

Afin d'éviter une réplique cinglante du superintendant, Higgins poursuivit l'interrogatoire pendant le bref trajet menant de la cathédrale à l'atelier du sculpteur.

— On vous a tout de même empêché de sortir, rappela-t-il.

— C'est bien possible.

— Vous avez donc obéi aux ordres de Nataniel King.

— Il ne m'aime pas, je ne l'aime pas.

— Pour quelle raison ?

— Il est opposé à l'exposition de mes sculptures dans la cathédrale, sous prétexte que je ne suis pas un artiste digne du Moyen Âge. Qu'est-ce qu'il en sait, lui ?

— Nataniel King est considéré comme un spécialiste de l'architecture médiévale et un restaurateur hors pair.

— Je ne m'occupe pas de ce que pensent les gens ; moi, je sais que ce que je fais est bien et que ce King est un abruti.

— Vous êtes-vous querellés ?

— Je lui ai dit en face ce que je pensais de sa bêtise.

— Quelle fut sa réaction ?

— Il m'a insulté et je lui ai renvoyé ses insultes.

— En êtes-vous venu aux mains ?

— Je déteste la violence. Un peu de patience, et cet homme des bois quittera Canterbury pour un autre chantier. Alors, on m'autorisera à installer mes sculptures dans la cathédrale.

— Êtes-vous rancunier, monsieur Richard ?

— Je sais ce que je veux et je n'aime pas ce King. Un homme obtus fait toujours du mal aux autres.

— À l'archevêché, vous êtes le seul témoin à avoir protesté avec véhémence pour ne pas rester dans la chambre qui vous avait été attribuée.

— D'abord, je ne suis témoin de rien ; ensuite, je déteste être enfermé quelque part contre ma volonté. Si on ne m'avait pas menacé, je serais parti.

— Quelles menaces ?

— La police, et tout, et tout... Et vous voilà quand même.

L'atelier du sculpteur était situé au fond d'une

impasse bordée de petites maisons de brique à deux étages.

— Un garage désaffecté, expliqua Tracy Richard. Quand je serai célèbre, j'exposerai au Royal Museum de Canterbury, à côté des œuvres du merveilleux Thomas Sidney Cooper, le peintre animalier de l'époque victorienne. Il a peint une toile sublime qui représente une énorme vache et porte le titre : *Séparée, mais non divorcée**. Surtout, allez la voir ; vous saurez enfin ce qu'est un art authentique. On entre ? Poussez la porte, superintendant, elle n'est jamais fermée.

Scott Marlow poussa la porte, entra et recula aussitôt, frappé de stupeur.

Devant lui, dans la pénombre, un vieillard à moitié couché et agonisant, les yeux révulsés, les cheveux blancs coiffés d'un bonnet, la bouche ouverte laissant voir quatre chicots jaunis, une langue blanche et une gorge rouge.

— N'ayez pas peur, superintendant, recommanda Tracy Richard, ce n'est qu'un pèlerin de Canterbury endormi, après avoir un peu trop bu à l'auberge.

Higgins et Marlow découvrirent une stupéfiante galerie de portraits : pèlerins en marche avec besace et bâton, aubergiste ventripotent, manant au visage marqué par la petite vérole, abbesse bénissant les croyants, fou avec ses crécelles, brigand détournant les voyageurs, chevalier protégeant la veuve et l'orphelin... Toute la société médiévale grouillait de vie, de joie, de larmes et de fureur.

— Remarquable, reconnut Higgins.

* Authentique.

— On ne pouvait pas faire plus réaliste, admit Scott Marlow ; votre vieillard endormi est tout à fait spectaculaire.

Tracy Richard frappa dans ses mains.

— Bravo, Scotland Yard, bravo ! Si la police reconnaît le vrai talent, le monde a encore une chance de survivre à la barbarie.

— Le chef du pèlerinage, Chester Rockson, a-t-il vu vos œuvres ?

— Il m'aime beaucoup, Chester, et je l'aime beaucoup ; voilà un chic type qui m'a bien aidé. Grâce à lui, je peux exposer dans les auberges des environs où les pèlerins d'aujourd'hui sont ravis de rencontrer leurs ancêtres. Sans Rockson, je n'aurais plus un sou.

— Ne vous a-t-il pas déconseillé d'installer vos sculptures dans la cathédrale ?

— Il faut le comprendre, il est l'esclave des curés ; s'il leur déplaisait, il serait vite congédié. En me conseillant de renoncer, il désire s'éviter des ennuis. Je ne lui en veux pas... Lui, son truc, c'est le pèlerinage. S'il en était privé, il serait bien malheureux.

— Parlez-vous souvent avec lui ?

— Il est trop occupé.

— Vous êtes bien natif du Canada, monsieur Richard ?

— Oui, et j'en suis fier ! C'est un pays superbe, avec de vraies saisons.

— Pourquoi vous être installé en Angleterre ?

— Parce que son histoire me passionne, et plus particulièrement celle du pèlerinage de Canterbury ; j'en rêve depuis que je suis gamin. La lecture d'un bouquin, la découverte des poèmes de Chaucer, l'idée de faire revivre les pèlerins... Ça me hantait.

— Repartirez-vous au Canada ?

— Je ne sais plus... Quitter mes pèlerins de cire, ce serait abandonner le meilleur de moi-même. Ma vie est ici, à présent.

— Vous parlez beaucoup des pèlerins, monsieur Richard, mais vous n'évoquez guère Thomas Becket.

— Les curés ne me passionnent pas.

— Vous savez pourtant qu'il a été assassiné.

— Je sais même par qui, inspecteur !

— Vous m'intriguez.

— Vous voulez les noms ?

— Volontiers.

— Hughes de Moreville, Reginal FitzUrse que Thomas Becket a jeté à terre, Richard Brito qui a donné le coup de grâce à l'archevêque, et Guillaume de Tracy qui a donné l'ordre aux trois autres chevaliers de commettre le meurtre. Guillaume de Tracy... Tracy, comme mon prénom ! Amusant, non ?

— Thomas Becket, un archevêque assassiné il y a bien longtemps ; le révérend Bryan Johnson, un érudit qui vient d'être assassiné au même endroit. Ne rapprochez-vous pas ces deux événements tragiques ?

— Deux curés qui sont passés de vie à trépas... Quelqu'un leur en voulait à mort, c'est sûr ! Dans le cas de Becket, c'était le roi d'Angleterre en personne. Il a envoyé ses sbires pour impressionner l'archevêque, mais ils sont allés trop loin, à cause de Guillaume de Tracy, persuadé de bien interpréter la volonté du roi. Et pour votre révérend, comment ça s'est passé ? Si ça se trouve, le même mécanisme : un assassin dans l'ombre, et un exécutant des bonnes œuvres. Ou alors un seul assassin ? Ou bien quatre, comme pour Thomas Becket. Vous avez déjà une idée bien arrêtée ?

## CHAPITRE XXVIII

— Ça ne vous regarde pas, intervint Marlow tranchant, et votre humour est du plus mauvais goût.

— Humour ? s'étonna Tracy Richard. Non, ce n'est pas de l'humour... Je voulais simplement vous aider.

— Nous aider, dit Higgins, dubitatif ; autrement dit nous mettre sur la piste d'un assassin ?

Le sculpteur se gratta la tête.

— Je n'avais pas pensé à ça... Vous feriez un lien entre un meurtre commis au Moyen Âge et un autre, aujourd'hui ?

— Ne nous le suggérez-vous pas ?

— Vous ne prenez quand même pas au sérieux cette histoire de Tracy !

— Le moindre détail peut nous être utile.

— Celui-là ne nous servira à rien, c'est évident !

— Il y a un autre révérend impliqué dans ce drame, révéla l'ex-inspecteur-chef.

— Lequel ?

— Celui que vous avez croisé dans la nef de la cathédrale, le soir du meurtre.

— Je ne l'ai pas vu plus que les autres... Enfin,

pas remarqué. Je ne songeais qu'à sortir de l'édifice et à regagner mon atelier.

— Il s'appelle Winston Silvester.

— Connais pas.

— Le révérend Winston Silvester est un éminent théologien d'Oxford.

— La théologie... Je ne sais même pas ce que c'est. Des discours de curés à l'usage des curés, non ?

— Définition un peu courte, estima Higgins ; mais vous connaissez Oxford, je suppose ?

— J'y suis allé, comme tout le monde.

— Et vous n'avez pas rencontré Winston Silvester ?

— Je ne fréquente pas les révérends, d'Oxford ou d'ailleurs.

— Et les grandes femmes rousses ?

Nerveux, Tracy Richard tritura l'un des boutons de son gilet.

— Les femmes rousses... Je n'en connais pas.

— Il y en avait pourtant une, dans la nef, le soir du crime, vous ne l'avez pas vue ?

— Euh... non.

— Pourtant, d'après les divers témoignages, elle ne passait pas inaperçue.

— Les autres regardent ce qu'ils veulent... Moi, je ne l'ai pas vue.

— Dans vos relations, existe-t-il une femme rousse ?

— Non.

— Êtes-vous fiancé, monsieur Richard ?

Le sculpteur sursauta.

— Ça ne vous regarde pas !

— À votre aise, nous le découvrirons.

— Oh, ça va ! Je n'ai pas le temps de m'occuper des femmes. Ma vie, ce sont mes sculptures. Une femme, dans mon univers... Impensable ! Elle le détruirait, j'en suis sûr, avec ses balais, ses plumeaux, ses aspirateurs, et je ne sais quels autres instruments de nettoyage. Elle deviendrait vite jalouse de mes pèlerins et m'empêcherait de travailler. Ça vous suffit, comme réponse ?

La voix éteinte et monocorde de Tracy Richard était devenue agressive ; Higgins continua à prendre des notes d'une écriture fine et rapide.

— Vous avez tout de même fréquenté Amélia Keates, précisa l'ex-inspecteur-chef.

— Amélia, ce n'est pas pareil... Elle est presque une amie. Au début, à Canterbury, on me prenait pour un va-nu-pieds, peut-être même un brigand. Amélia m'a observé avec bienveillance, sans me juger sur les apparences.

— De ce côté-là, intervint Scott Marlow, vous ne faites pas beaucoup d'efforts.

— Je m'habille comme je l'entends, protesta le sculpteur, et je me moque des critiques ! Croyez-vous que les curés, tout en noir, soient plus sympathiques à regarder ?

— Vous êtes à Canterbury, en Angleterre, et vous devriez observer certaines règles.

— Il n'en existe qu'une, superintendant : être fidèle à soi-même.

— Amélia Keates a su apprécier cette qualité, observa Higgins.

Tracy Richard eut un air dépité.

— Oh, je ne me fais pas d'illusions ! Amélia est

une intellectuelle, avec des diplômes, elle pratique des techniques compliquées, et elle ne me considère pas comme un véritable sculpteur.

— Cela vous choque-t-il ?

— Chacun son monde ; moi, j'ai le mien. Le soutien moral d'Amélia m'a été très utile, à des moments difficiles où je me demandais si j'allais m'en sortir. Il suffit parfois d'un petit coup de pouce, et ce petit coup de pouce, elle me l'a donné pour que j'aille du bon côté. Quoi qu'elle pense réellement, elle a agi ; et il n'y a que ça qui compte.

— Est-elle favorable à l'exposition de vos sculptures dans la cathédrale ?

— Je l'ignore, mais quelle importance ? C'est mon combat, non le sien, et je n'ai pas besoin de son aide.

— Vous êtes un homme fier, monsieur Richard, constata Higgins.

— Simplement quelqu'un qui fait ce qui lui plaît, il n'y a pas de plus grand bonheur sur cette terre et je n'en veux pas d'autre.

— Si, celui d'introduire vos pèlerins de cire dans le lieu saint où est mort Thomas Becket.

— Oh, il faut toujours un rêve pour progresser ! Celui-là me contraint à façonner des œuvres parfaites pour qu'elles soient dignes de la cathédrale.

— Vous qui aimez le pèlerinage de Canterbury, avança Higgins, vous devez apprécier les badges que portaient les pèlerins d'autrefois et que portent ceux d'aujourd'hui.

— Des babioles amusantes, c'est vrai... mes créations de cire en sont équipées.

— Pas vous ?

— Je n'en ai pas besoin pour travailler.

— Aimez-vous la musique classique, monsieur Richard ?

— Ça m'arrive.

— Est-ce la raison pour laquelle vous avez sympathisé avec Philip Davies ?

— Un drôle de garçon, cet organiste... Mais une belle force de caractère. La vie n'a pas été tendre avec lui ; il m'a confié qu'il avait bataillé dur pour arriver là où il en est.

— Avez-vous reçu des confidences ?

— Non, Philip Davies est plutôt d'un tempérament discret, taciturne et peu bavard. Un mot par-ci, par-là, rien de plus.

— Aimait-il vos sculptures ?

— Oui, et ça me semblait plutôt sincère ; il m'a même encouragé de manière explicite.

— Un appui moral aussi important que celui d'Amélia Keates ?

— Oui, inspecteur.

— Vous ne manquez ni de chance ni d'appuis, monsieur Richard.

Le sculpteur se révolta.

— Ça vous choque, inspecteur ? Je ne le mérite pas, peut-être ?

— Ai-je dit quelque chose de semblable ?

— Non, mais vous l'avez pensé !

— Ne tentez pas de sonder mes pensées, monsieur Richard.

— Vous ne cessez de me questionner, j'ai bien le droit de connaître vos opinions à mon sujet !

— Pourquoi avez-vous utilisé le qualificatif de « drôle de garçon » à propos de Philip Davies ?

— Ça m'est venu naturellement. Maintenant, j'ai du travail.

— Ne quittez pas votre atelier sans nous prévenir.

## CHAPITRE XXIX

Vanessa Marlott ne passait vraiment pas inaperçue.

Son abondante chevelure rousse formait un véritable panache et lui donnait une allure d'amazone conquérante, prête à toutes les batailles. Les yeux verts étaient perçants, les joues mutines, les lèvres sensuelles ; aux oreilles, de lourdes boucles en forme de croissant lunaire. La quarantaine somptueuse, Vanessa Marlott portait une veste rouge et jaune ornée de rubans tressés, bleu, orange et vert, sur une robe noire en crêpe de soie s'arrêtant au-dessus du genou. Aux pieds, des escarpins d'un vert phosphorescent.

Marlow marchait derrière elle et ne semblait guère à son aise ; la grande jeune femme rousse se dirigea vers Higgins qui l'attendait devant le jubé, ensemble monumental séparant la nef du chœur. Autrefois, les fidèles rassemblés dans la nef ne voyaient pas les mystères des rites célébrés dans le chœur ; ils leur étaient transmis par un célébrant qui, monté sur le jubé ou apparaissant devant le voile masquant sa porte centrale, leur communiquait ce qu'ils étaient aptes à percevoir. Presque tous les jubés des églises européennes avaient été détruits à partir du XVIe siècle, par souci de démocratisation religieuse. Achevé par l'architecte Stephen Lote au début du XVe siècle, celui de la cathédrale de Canterbury ressemblait à une façade d'église, avec ses anges porteurs d'écus et ses statues de monarques anglais encadrant une porte à laquelle on accédait par une volée de marches.

— Je suis Vanessa Marlott, déclara-t-elle d'une voix assez grave et plutôt envoûtante ; j'ai déjà fait connaissance avec votre collègue, le superintendant Marlow, un homme charmant et timide. Vous aussi, vous me paraissez charmant et, qui plus est, très élégant ; seriez-vous également un policier de Scotland Yard ?

— Je le crains, mademoiselle ; inspecteur Higgins.

— Vous vous dissimulez derrière un titre modeste, mais vous êtes beaucoup plus que cela, monsieur Higgins ; pourquoi m'attribue-t-on tant d'importance ?

— N'avez-vous pas été témoin d'un drame qui s'est produit à l'intérieur de cette cathédrale ?

— Témoin... À ma façon. Il s'agit d'un meurtre, n'est-ce pas ?

Scott Marlow frémit ; sans doute l'assassin venait-il de commettre une erreur fatale. Il posa la question qui s'imposait.

— Comment savez-vous qu'un meurtre a été commis ?

— Je ne le sais pas, superintendant, mais je le sais quand même ; oubliez-vous que je suis voyante ?

Ce lieu sera traversé d'ondes nocives tant que l'assassin ne sera pas arrêté et que l'âme de la victime ne sera pas en paix.

L'argument désarma Scott Marlow ; Higgins avait ouvert son carnet noir.

— Où vous trouviez-vous, mademoiselle, quand vous avez entendu les cris de la victime ? interrogea l'ex-inspecteur-chef.

— À l'endroit où je méditais, appelée par les forces de l'invisible et l'âme de saint Thomas Becket, je ne pouvais rien entendre.

— Pouvez-vous nous y conduire ?

— Volontiers.

Vanessa Marlott guida les deux hommes jusqu'à la crypte dont l'entrée et l'escalier avaient été reconstruits au XIIe siècle par le prieur Anselme ; Higgins et Marlow furent frappés par la beauté secrète de cette vaste crypte qui comprenait la chapelle des Saints-Innocents, celle de Saint-Gabriel, celle du Prince Noir et, en son centre, la chapelle Notre-Dame-de-la-crypte, aux voûtes romanes. Derrière elle avait été préservé, entre 1170 et 1220, le tombeau de Thomas Becket. Higgins contempla les admirables chapiteaux romans, à la retombée des arcs ; peuplés de figures étranges et fantastiques, ils étaient les lettres d'une langue symbolique que bien peu savaient encore déchiffrer.

La grande femme rousse s'arrêta face à la statue de la Vierge à l'enfant, héritière de la déesse égyptienne Isis.

— Je me trouvais ici, messieurs, quand l'âme de saint Thomas Becket m'a parlé.

— Que vous a-t-elle dit ?

— Qu'un meurtre abominable venait d'être commis et que je devais sortir de la crypte pour aller dans la nef. Là, il y aurait l'assassin. J'ai obéi, mais j'ai eu la surprise de voir plusieurs personnes assez agitées.

— Pourquoi vous étiez-vous rendue à la cathédrale, ce soir-là ?

— À cause d'une voyance, le matin même, qui m'ordonnait d'aller dans la crypte et d'y attendre un signe. Ce signe, je l'ai eu ; ce fut la voix de Becket. Pour ne rien vous cacher, je me suis d'abord demandé si je n'étais pas la victime du fantôme de la cathédrale, un dénommé Nell Cook, qui est tantôt facétieux, tantôt inquiétant ; mais il n'apparaît que dans le couloir longeant l'infirmerie des moines et n'ose pas se manifester dans un endroit aussi sacré que la crypte. C'était bien Thomas Becket qui me dictait ma conduite.

— C'est un peu difficile à croire, objecta Marlow, pris d'une subite migraine.

— Pas du tout, superintendant : il suffit de faire attention aux signes ; le monde est un entrecroisement de visible et d'invisible, et il convient d'attacher beaucoup plus d'importance au second qu'au premier.

— Quand vous êtes entrée dans la nef, demanda Higgins, qu'avez-vous vu ?

— J'ai eu une sorte d'éblouissement... Au-dessus de la tête de ces gens, il y avait une sorte d'épée... Non, ce n'était pas une lame, mais quelque chose de blanc, avec des renflements aux deux extrémités.

— Un os ?

Le regard de la jeune femme devint fixe.

— Oui, inspecteur, un os. Mais alors...

L'esprit de la voyante plongea dans d'innombrables profondeurs.

— Mais alors, c'est l'os de bœuf ! Oui, ce ne peut être que lui...

Scott Marlow frissonna. La voix grave de la voyante était impressionnante, et elle ne semblait pas jouer la comédie ; mais l'essentiel était ailleurs. En évoquant l'arme du crime, elle avouait sa culpabilité.

— Que savez-vous sur cet os ? demanda Higgins.

— Ce que tout le monde sait, à Canterbury : cet os de bœuf était l'arme des criminels venus du Danemark et de Norvège pour détruire l'Angleterre ! Quand ils sont venus des lointaines contrées du nord, à bord de leurs drakkars, personne ne fut capable de s'opposer à leur invasion. Les quelques résistants furent exterminés, et les barbares brûlèrent les villages. Ensuite, ce fut la longue et douloureuse litanie des pillages et des massacres, jusqu'à la capture de l'archevêque Alphège. Les envahisseurs décidèrent de changer de tactique, car ce grand dignitaire de l'Église valait beaucoup d'argent. Ils emmenèrent le prisonnier à leur camp de Greenwich et réclamèrent une rançon. L'archevêque lui-même refusa leurs exigences et fit échouer les négociations qui eussent abouti à sa libération. Dépités, les pirates se consolèrent en célébrant un banquet trop bien arrosé ; ivres, vociférant et gesticulant, ils décidèrent de tuer un otage qui ne leur servait plus à rien. Et ce crime atroce fut perpétré à coups d'os de bœuf !

La grande femme rousse ferma les yeux, épuisée par ses révélations ; elle s'assit sur un siège en bois, visiblement éprouvée. Higgins lui laissa le temps de reprendre son souffle.

— C'est bien cet os de bœuf que vous avez vu en entrant dans la nef, mademoiselle Marlott ?

— Oui, inspecteur ; il n'y aucun doute possible.

— L'os était-il en rapport avec une personne précise ?

Le superintendant était révolté ; on n'allait quand même pas accuser quelqu'un de meurtre à cause de la vision d'une illuminée ! Jamais un tribunal ne retiendrait un argument pareil.

— Non, inspecteur, vraiment non... Cet os de bœuf flottait près de la voûte de la cathédrale, sans désigner quelqu'un en particulier.

— En avez-vous parlé à l'une des personnes présentes ?

— La vision s'est subitement estompée, comme si je redescendais sur terre après un voyage dans l'espace... J'étais stupéfaite de me trouver dans la nef de la cathédrale, avec d'autres personnes, en proie à une vive inquiétude. Je savais qu'un meurtre venait d'être commis avec cette arme venue d'un lointain passé... Ne m'aurait-on pas pris pour une folle ?

## CHAPITRE XXX

— Ce point est très important, dit Higgins avec gravité ; avez-vous parlé de votre vision à l'une des personnes présentes dans la nef ?

— Non, inspecteur, répondit Vanessa Marlott avec fermeté. Je vous jure que non.

— Vivez-vous depuis longtemps à Canterbury ?

— Je suis née dans cette ville et je ne l'ai jamais quittée, fût-ce une seule journée. C'est ici que la voyance s'est révélée à moi, quand j'avais quinze ans, et j'aurais trop peur de perdre mes dons en m'éloignant.

— Canterbury est le haut lieu de l'Église anglicane qui n'est pas particulièrement favorable à des phénomènes tels que la voyance.

— Détrompez-vous, inspecteur ! Elle est beaucoup moins sectaire que l'Église catholique romaine, elle admettra un jour des femmes prêtres et ne rejette pas d'emblée ce qu'on appelle stupidement « le paranormal ». Mes dons ne choquent pas la hiérarchie religieuse, et personne ne m'a causé le moindre ennui.

— Avez-vous des clients ?

— Il faut bien vivre.

— Peut-on faire de la voyance sur rendez-vous ?

— Bien sûr que non ! Mais les âmes de nos contemporains sont bien malades, et les confesseurs ne leur suffisent plus. La plupart du temps, mon rôle consiste à consoler, à écouter, à proposer des solutions toutes simples auxquelles les gens ne pensent pas. Et puis, parfois, je vois, je vois vraiment... Mais ce sont des signes, souvent difficiles à interpréter. Je pense être utile à mes semblables et ne nuire à personne.

L'atmosphère de la chapelle répandait sa paix et sa sérénité ; le superintendant demeurait d'un calme surprenant, lui qui détestait l'inexplicable et ses adeptes. Quant à la femme rousse, elle ressemblait plus à une dévote qu'à une illuminée.

— Parmi les personnes présentes dans la nef, qui connaissiez-vous ? interrogea l'ex-inspecteur-chef.

— Plusieurs.

— Énumérez-les, voulez-vous ?

— Nataniel King, le conducteur de travaux.

— Un ami ?

— Non, inspecteur ; nous ne nous sommes jamais adressé la parole, mais c'est une célébrité. Quand il a été chargé des travaux de restauration de la cathédrale, les journaux locaux lui ont consacré de nombreux articles, tous fort élogieux. Quant à ses photographies, elles m'ont révélé le visage d'un très bel homme, sûr de lui et autoritaire. Lorsque je l'ai vu dans la nef, je l'ai tout de suite reconnu, d'autant plus qu'il donnait l'ordre de se diriger vers le portail sud-ouest et ne pas sortir de l'édifice avant l'arrivée du sacristain et de ses aides. On avait envie de lui obéir, tant il était rassurant.

— Un vrai meneur d'hommes ?

— Oui, et fort attirant ; si je m'étais mariée, j'aurais choisi un époux de cette stature-là.

— Le mariage vous serait-il interdit ?

— Non, mais les vrais voyants ont besoin d'une grande indépendance.

— Le révérend Bryan Johnson a été assassiné dans la chapelle de la Trinité, près de huit siècles après le meurtre de Thomas Becket ; imaginez-vous le conducteur de travaux Nataniel King assassiner un brave révérend érudit ?

— Bryan Johnson... Bryan Johnson... Ce nom reste muet pour moi ; il n'évoque rien, absolument rien. Nataniel King, un assassin ? Ce serait surprenant, très surprenant... Mais qui peut déchiffrer le cœur d'un homme, surtout quand des sentiments vous troublent l'esprit ? En ce qui concerne Nataniel King, je crains de ne pas être très objective.

— Merci de votre sincérité, mademoiselle.

— Je vous sens assez perspicace pour débusquer le mensonge, inspecteur ; pourquoi m'y risquerais-je, alors que je n'ai rien à cacher ?

— Plusieurs témoins ont été surpris, voire indignés, parce que vous ne dissimuliez pas votre magnifique chevelure sous un foulard.

— Je n'y ai même pas songé... Seul comptait l'appel qui exigeait ma présence dans la crypte. Et il y avait une autre femme, tête nue, une jolie blonde spécialiste de la restauration des sculptures. Son nom m'échappe, mais elle aussi a eu droit aux honneurs de la presse locale. Une fille brillante et pleine d'avenir, paraît-il. Elle m'a regardée d'un drôle d'air, comme si je la menaçais ; elle paraissait inquiète, presque tourmentée.

— Vous a-t-elle semblé agressive ?

— Elle ne doit pas être commode, en effet ; d'instinct, j'ai préféré m'éloigner d'elle. À mon sens, mieux vaut ne pas être son ennemie.

— Que dit-on d'elle à Canterbury ?

— Je l'ignore, inspecteur ; bien que je rencontre beaucoup de monde, je n'écoute pas les rumeurs. Chaque client porte son propre monde, réel et imaginaire, et c'est à lui que je m'intéresse.

— Aucun client ne vous a parlé de cette jeune femme, qui s'appelle Amélia Keates ?

La voyante hésita.

— Non, aucun.

— Qui d'autre avez-vous identifié ?

— Notre excellent chef du pèlerinage, Chester Rockson. Quelle force de la nature et quel enthousiasme ! Depuis sa nomination, il manifeste une formidable énergie. Grâce à lui, le vieux pèlerinage de Canterbury a repris de la vigueur et du prestige. Les aubergistes des environs, les pubs, les hôtels et les restaurants ne jurent plus que par Chester Rockson ; leurs bénéfices ont augmenté, et la clientèle ne cesse d'affluer.

— Avez-vous eu l'occasion de discuter avec lui ?

— Il ne m'a pas accordé cette faveur.

— Est-il méprisant ?

— Je n'en ai pas l'impression ; il est surtout très occupé et n'a aucune raison de me consulter.

— Pourquoi n'aurait-il pas besoin d'une voyante ?

— Comme Nataniel King, c'est un homme sûr de lui, pleinement engagé dans l'action, sans aucune faille ; l'avenir, il le fabrique lui-même et ne s'interroge pas sur sa destinée.

— Avez-vous acheté un badge de pèlerin, mademoiselle ?

— Mon Dieu, non ! Cela vous surprendra peut-être, mais je ne suis pas superstitieuse ; je ne possède même pas une boule de cristal. La vraie voyance ne se fonde pas obligatoirement sur des talismans.

— Les souvenirs du pèlerinage auraient pu vous inspirer.

— L'inspiration vient du ciel, seulement du ciel.

— Seriez-vous croyante, mademoiselle ?

— Bien sûr, inspecteur ; il existe une force supérieure qui a créé la vie et organise l'univers, une force dont nous dépendons tous, que nous en soyons conscients ou non. Malheureusement, les Églises ont fixé des dogmes et emprisonné les esprits dans des croyances rigides. Combien d'êtres humains a-t-on tué au nom d'un dieu ou d'un autre ?

— Thomas Becket, lui, fut assassiné au nom de la raison d'État.

— Quelle horrible justification ! Un État criminel, barbare, hors de portée de la justice... L'humanité est parfois bien sombre. Mais il ne faut pas perdre espoir ; de grandes âmes, comme Thomas Becket, mènent le combat de la lumière contre les ténèbres.

— Pourquoi tant de vénération pour un archevêque, puisque vous n'êtes pas vraiment chrétienne ?

— Parce qu'il a su tenir bon devant l'adversité ; j'aime les êtres qui luttent jusqu'au bout, quel que soit l'adversaire. Face à ses quatre assassins, ces chevaliers sans honneur qui ont trahi l'honneur de la chevalerie, il n'a pas reculé. À cet instant, le vrai chevalier, c'était lui. Archevêque ou pas, Thomas Becket demeure un modèle pour tous les persécutés.

— Vous rangez-vous dans cette catégorie ?

— Non, je vous l'ai dit : à Canterbury, je vis en paix.

— D'après vous, mademoiselle, quelle est l'importance des forces nocives qui ont accompli leur œuvre de mort dans cette cathédrale ?

La voyante se concentra sur ses mains.

— Ce fut violent, très violent, impitoyable. Et l'assassin se croit hors d'atteinte.

# CHAPITRE XXXI

— Cet assassin hors d'atteinte, l'avez-vous vu, mademoiselle ?

Vanessa Marlott parut en proie à une grande souffrance.

— Non, je n'y suis pas parvenue... Pourtant, j'ai prié Dieu de m'accorder la grâce de voir le visage de l'assassin. Mais tout est resté brouillé, ténébreux.

— Vous l'avez vu, affirma l'ex-inspecteur-chef ; il se trouvait parmi les personnes présentes dans la nef.

— Dans la nef...

Le regard de la voyante chavira.

— Dans la nef, vous en êtes sûr ?

— Je le crains, mademoiselle.

— Je le savais, bien sûr, mais je n'arrivais pas à m'en persuader. C'est tellement impressionnant... Penser que j'ai côtoyé un assassin, cela me glace le sang ! Si je pouvais vous aider...

— Vous m'aidez, mademoiselle ; continuez à citer les noms des personnes que vous connaissiez.

— Eh bien... Il y avait Philip Davies, l'organiste.

— Où l'avez-vous rencontré ?

— Il donnait un concert de clavecin à Canterbury et jouait des préludes et fugues du *Clavier bien tempéré* de Jean-Sébastien Bach. Une œuvre envoûtante qui exige une interprétation de très grande classe.

— Auriez-vous été déçue ?

— Un peu, je l'avoue... J'attendais mieux.

— Êtes-vous une spécialiste de cette musique ?

— Je connais l'interprétation d'Edwin Fischer, et la comparaison est un peu cruelle.

— Comment comparer quiconque à un génie de la taille de Fischer ? Son interprétation du *Clavier bien tempéré* est une véritable cathédrale.

— Nous avons les mêmes goûts, constata la voyante avec un sourire charmeur.

— Avez-vous revu Philip Davies, après ce concert ?

— Non, mais j'ai entendu parler de lui.

— Par les journaux ?

— Non, par ma femme de ménage qui travaille aussi chez le chef de la chorale ; Philip Davies a eu quelques ennuis avec les autorités religieuses, semble-t-il.

— De quel ordre ?

— Certains fidèles ne sont pas satisfaits du jeu de Philip Davies ; ils exigent même son départ et son remplacement, alors qu'il n'est pas titulaire du poste depuis longtemps.

— Serait-il vraiment en danger ?

— Je l'ignore, inspecteur.

— Ne s'agit-il que d'une rumeur ?

— Ma femme de ménage n'a pas l'habitude de cancaner et de colporter des potins ; si ce drame ne s'était pas produit et si Philip Davies n'était pas impliqué, j'aurais oublié ce détail.

— Comment s'est-il comporté, dans la nef ?

— Il avait l'air gêné. Comme quelqu'un qui n'aurait pas dû se trouver là et qui se demandait comment se tirer au plus vite de ce mauvais pas.

— Avez-vous une preuve de ce que vous avancez ? s'inquiéta Scott Marlow.

— Non, ce n'est qu'une impression, et je me trompe peut-être...

La voyante se reprit.

— Je ne me trompe pas ! Cet homme-là était gêné.

Higgins prenait des notes sur son carnet noir, malgré l'œil désapprobateur de Scott Marlow, bien décidé à ne tenir aucun compte du témoignage de la voyante.

— Avez-vous continué à observer Philip Davies ? demanda l'ex-inspecteur-chef.

— Non, il s'est éloigné de moi et je n'ai plus fait attention à lui.

— Qu'avez-vous remarqué d'autre, mademoiselle ?

Vanessa Marlott regarda la Vierge de la chapelle Notre-Dame-de-la-crypte, comme si elle lui demandait l'autorisation de témoigner.

— Le plus énervé, c'était Tracy Richard.

— Vous le connaissiez donc.

— Qui ne le connaît pas, à Canterbury ? Il est devenu une véritable vedette locale, et le pèlerinage ne pourrait plus se passer de lui, bien que certains religieux n'apprécient pas beaucoup son comportement et sa façon de s'habiller. Au début, quand il s'est installé dans la ville, il déambulait comme un vagabond et acceptait les *pennies* que lui donnaient les passants qui le prenaient pour un mendiant. Il souriait, ne manifestait aucune agressivité et discutait volontiers avec les gens ; il m'a abordée dans la rue, une fois, mais je n'avais pas le temps de lui parler. Puis il s'est installé dans son atelier, la presse a relaté l'événement, et je suis allée voir ses sculptures, comme la moitié de la ville, dans la première taverne où elles furent exposées. Un choc, pour tout le monde... Ses pèlerins du Moyen Âge sont tellement réalistes ! On les croirait ressuscités. Peu à peu, le talent de Tracy Richard a été reconnu, d'autant plus que le chef du pèlerinage l'a aidé et encouragé. À présent, il est un sculpteur installé et vit confortablement de son art.

— Mais ce soir-là, le soir du meurtre, il vous a paru énervé.

— Il voulait sortir très vite, malgré les appels au calme de Nataniel King. Et il s'est passé quelque chose de bizarre... J'ai ressenti son angoisse, elle est entrée en moi avec une brutalité incroyable ! Jusqu'au moment où j'ai pu m'allonger sur mon lit, je me sentais au bord de l'évanouissement.

— Cela vous arrive-t-il souvent ?

— Non, heureusement ! Je crois que c'était un signe.

— Comment l'interprétez-vous ?

— Aucune idée.

Scott Marlow aurait volontiers arrêté Vanessa Marlott pour injure à l'autorité policière, mais Higgins semblait la prendre au sérieux.

— Tracy Richard a-t-il prononcé une phrase énigmatique ?

— Je ne m'en souviens pas... J'étais sous le choc.

— Avez-vous oublié quelqu'un ?

La voyante se concentra.

— Oui, un petit homme aux yeux gris-vert, plutôt pétillants, derrière des lunettes rondes qui ne lui donnaient pas un air très sérieux. Malgré la gravité du moment, il paraissait presque s'amuser... Oui, je m'en souviens, et sa physionomie m'a choquée. Pourtant... je me demande s'il n'est pas toujours comme ça !

— Cet homme-là, le révérend Winston Silvester, théologien de l'université d'Oxford, vous ne l'aviez jamais vu auparavant ?

— Jamais, inspecteur. Un révérend... Un révérend comme la victime ?

— Oui, mademoiselle.

— Y aurait-il un lien entre ces deux révérends ?

— Ce n'est pas impossible.

— Ce serait... Ce serait abominable !

Vanessa Marlott posa ses mains sur ses yeux, comme si elle ne voulait plus voir la réalité.

— Le martyre de Thomas Becket aurait-il été inutile ?

— Que voulez-vous dire, mademoiselle ?

— Je.... Je ne sais pas. Je suis si troublée que je dis n'importe quoi.

La grande femme rousse se leva, très émue.

— J'aimerais me reposer, si vous n'y voyez pas d'inconvénient. Dois-je retourner à la chambre qui m'a été assignée à l'archevêché ?

— Vous pouvez retourner chez vous, mademoiselle.

— J'aurais voulu...

— Je vous écoute.

— Parfois, on voudrait être totalement sincère et on ne le peut pas. Vous me comprenez ?

— Je l'espère. À bientôt, mademoiselle.

## CHAPITRE XXXII

— Maigre moisson, estima Scott Marlow.

— Oui et non, jugea Higgins.

— Avez-vous recueilli assez d'indice, pour identifier le coupable ?

— Pas encore.

— Il faut reprendre les déclarations de chaque suspect concernant l'endroit où il prétendait être au moment du crime ; peut-être des impossibilités apparaîtront-elles, voire des mensonges patents.

— Indispensable, en effet ; mais auparavant, visitons la cathédrale et rendons-nous à l'endroit où le révérend Bryan Johnson a été assassiné.

— Pourquoi ne pas l'avoir fait plus tôt, Higgins ?

— Je désirais écouter d'abord les suspects ; à présent, nous pouvons interroger le principal témoin du drame, la chapelle de la Trinité elle-même.

Accompagné de Marlow, Higgins sortit de la crypte et parcourut la cathédrale de Canterbury à partir de la nef ; il visita le transept nord-ouest, passa devant le jubé, s'intéressa aux deux bas-côtés, au chœur, aux transepts nord-est et sud-est, s'attarda sur les tombeaux des archevêques Peckham,

Chichele, Bourchier, Stratford et Méopham, sur celui du prieur Eastry, s'arrêta aux emplacements où, selon leurs dires, les suspects avaient entendu les cris du malheureux révérend. À la hauteur du trône de l'archevêque, à l'extrémité droite du chœur en regardant vers l'abside, l'ex-inspecteur-chef traça un plan détaillé de la cathédrale et y reporta les indications glanées lors des interrogatoires.

— Regardez, mon cher Marlow.

Le superintendant ne fut pas long à conclure.

— Il est évident que seules trois personnes peuvent être coupables : celle qui se trouvait dans la nef pour faire semblant d'attendre les autres, ou celle qui est arrivée dans la nef après toutes les autres, ou bien celle qui fait semblant de ne plus savoir où elle se trouvait.

Higgins opina du chef et se tourna vers le fond de l'édifice.

La chapelle de la Trinité était bordée, sur sa gauche, par les tombeaux d'Henri IV et du doyen Wotton et, sur sa droite, par ceux du cardinal Odet de Coligny et du Prince Noir. Vêtu en chevalier, moustachu, couronné, l'effigie d'Édouard le Prince Noir, en bronze doré, était très impressionnante ; même dans l'attitude de la mort, le caractère guerrier subsistait.

Tournant autour de la chapelle, dont l'activité correspondait à l'emplacement du reliquaire de Becket de 1220 à 1538, Higgins découvrit la chapelle de la fondation d'Henri IV, dite aussi chapelle de saint Édouard le Confesseur, regarda les vitraux consacrés aux miracles de Thomas Becket, pénétra dans l'ultime espace de la cathédrale, surnommée « la

Couronne », qui abritait le tombeau du cardinal Pole et de l'archevêque Frederick Temple, s'arrêta devant le tombeau de l'archevêque Hubert Walter et admira la suite des vitraux relatifs aux miracles de Becket.

— Auriez-vous l'obligeance de me procurer des jumelles, superintendant ?

— Ils doivent en avoir, à l'archevêché.

— Je ne bouge pas d'ici.

Higgins déambula, s'intéressa de nouveau à la Couronne, la pièce circulaire la plus à l'est de l'édifice, qui portait ce nom parce que la relique de la tête du martyr assassiné y avait autrefois été conservée, s'attarda longuement à l'endroit même du crime et tenta de dialoguer avec les colonnes, les chapiteaux, les tombeaux et les pavements qui avaient été les témoins de la tragédie et ne pouvaient pas mentir comme un être humain. Encore fallait-il comprendre leur langage.

Le superintendant revint avec une excellente paire de jumelles que Higgins braqua sur les vitraux.

— Qu'ont-ils de particulier ? demanda Marlow.

— Ils parlent de Thomas Becket, de sa vie et de ses miracles. Si le crime a été commis à cet endroit, ce ne peut être le fait du hasard.

— Vous feriez donc le lien entre l'assassinat de Becket et celui du révérend ?

— Le révérend n'était-il pas un spécialiste de Becket ?

— J'étais arrivé à cette conclusion, moi aussi, avoua le superintendant, mais elle me paraît tellement rocambolesque !

— Comme l'explique M.B. Masters dans le tome II de son *Manuel de criminologie*, tout assassinat possède sa logique interne. À nous de la découvrir, en n'oubliant pas que le grand œuvre de la victime, sa biographie consacrée à Thomas Becket, a disparu.

Scott Marlow avait le vertige.

— Du reliquaire de Becket, continua Higgins, il ne reste rien ; mais la série des vitraux du XIIIe siècle nous apportera peut-être un élément précieux.

L'iconographie des vitraux était d'une grande richesse. On y voyait Becket, le visage grave, portant sa mitre d'archevêque et vêtu de ses habits de fonction ; Becket et le roi Henri en grande discussion et momentanément réconciliés ; les chevaliers arrivant à la cathédrale et frappant violemment à la porte ; l'archevêque en prière ; les assassins dans la cathédrale ; des pèlerins venant apporter leurs offrandes au tombeau du martyr.

Higgins donna les jumelles à son collègue.

— Regardez, superintendant.

Marlow fut ravi. Le dessin possédait une force rare, les couleurs étaient superbes.

— Remarquable, admit-il, mais nous n'apprenons rien de neuf.

— Examinons les miracles de saint Thomas Becket, proposa Higgins ; personne ne nous en a parlé. Curieux, non ?

— Ce sont des légendes, Higgins.

— Un mot bien intéressant, mon cher Marlow. Pour nous, les légendes sont des fables destinées à amuser les enfants et les esprits faibles ; le mot *legenda* signifie pourtant « ce qui doit être lu », ce qu'il faut résolument connaître.

Higgins reprit les jumelles et les braqua sur les

miracles du martyr de Canterbury. Comme beaucoup d'autres saints du Moyen Âge, dotés de pouvoirs exceptionnels, Thomas Becket avait accompli de nombreuses guérisons miraculeuses qui avaient beaucoup plus contribué à son renom que sa lutte intellectuelle et morale contre le roi d'Angleterre.

Trois scènes intriguèrent Higgins qui demanda à Marlow de les regarder de très près.

— Ce sont des épisodes rares et très caractéristiques de la vie de Becket, commenta-t-il ; ils sont connus grâce à quelques récits de l'époque, mais ici, nous en avons l'illustration précise et un bref commentaire en latin. Fixez d'abord le charpentier.

— On dirait qu'il s'est blessé...

— En effet, superintendant ; William Kellett, charpentier de son état, s'était coupé la jambe en travaillant à son établi. Grâce à Thomas Becket, il a retrouvé l'usage de cette jambe et a poursuivi ses activités.

— Je vois une sorte de paysan agressé par un collègue.

— Il s'agit d'Adam, le forestier qui fut gravement blessé à la gorge par un braconnier ; il aurait dû mourir, mais Becket l'a sauvé.

— Je ne comprends pas la troisième scène que vous m'indiquez, Higgins.

— Une anecdote amusante : un gamin diabolique, nommé Robert de Rochester, se montrait cruel à l'égard des animaux et plus particulièrement envers les grenouilles vertes qu'il tuait à coups de pierre, en y prenant un malin plaisir. Son entourage tenta de le raisonner, en pure perte ; le plaisir de massacrer restait le plus fort. Un jour, il tomba dans la rivière et faillit s'y noyer. Grâce à l'intervention de Becket, il fut sauvé.

— Même les saints commettent des erreurs !

— Vous voilà bien sévère, superintendant.

— Je ne m'habituerai jamais à la cruauté et au sadisme et ne leur trouve aucune excuse.

— Vous n'êtes pas dans le vent, mais voilà un archaïsme que nous partageons. Je vous propose de visiter de nouveau la cathédrale, puis nous irons dîner dans une bonne auberge et nous prendrons quelques heures de repos.

— Avez-vous une hypothèse solide, Higgins ?

— Je n'y vois pas très clair, avoua l'ex-inspecteur-chef ; mais il nous reste quelques vérifications à faire.

# CHAPITRE XXXIII

Lorsque Babkocks déboula dans la paisible auberge des environs de Canterbury, à huit heures et trois minutes, la propriétaire, une charmante vieille demoiselle pomponnée à l'ancienne, crut que la Troisième Guerre mondiale venait de commencer.

La veste d'aviateur de la Royal Air Force que portait le médecin légiste et son allure de baroudeur rappelaient de nombreux souvenirs à la vieille demoiselle qui, en raison de l'odeur de l'énorme cigare que fumait Babkocks, se demanda si elle n'aurait pas préféré un général de la Luftwaffe, élégant et cultivé.

— Bien le bonjour; l'inspecteur Higgins est levé ?

— Il prend son petit déjeuner en compagnie du superintendant Marlow; je ne crois pas qu'il soit opportun de le déranger.

— Ne vous bilez pas pour ça; j'ai à lui parler d'un cadavre dont il attend des nouvelles.

La vieille demoiselle eut un haut-le-cœur.

— À propos, je n'ai pas eu le temps de le prendre, moi, mon petit déjeuner; apportez-moi une paire de saucisses, trois tranches de lard, un demi-poulet rôti et un double cognac. Si j'ai encore faim, je verrai après.

Laissant la vieille demoiselle abasourdie, Babkocks traversa la salle à manger, sous les regards étonnés de quelques pèlerins se préparant à découvrir la cathédrale, et alla s'asseoir à la table d'Higgins et de Marlow.

— Autopsie terminée, annonça-t-il.

— Intéressante ?

— Ennuyeuse au possible. Ce révérend est vraiment mort des coups qu'il a reçus sur la tête. Rien d'autre n'aurait pu entraîner un décès. Un bon petit cœur, des poumons superbes, une rate de jeune homme, un foie encombré comme la plupart de nos contemporains, et certaines choses qui n'ont jamais servi, si tu vois ce que je veux dire.

Scott Marlow changea rapidement de sujet.

— Aucune autre blessure ?

— Aucune. Ce brave révérend aurait pu vivre vieux, s'il n'était pas tombé sur un os. Vous connaissez l'assassin ?

— Pas encore, répondit Higgins.

— Un drôle de cinglé, celui-là ! Quand on a un peu de morale, on ne tue pas des gens comme ça. Un véritable procédé de barbare ! L'intérêt ici, ce sont les bonnes sœurs ; en fin de compte, elles ne détestent pas les héros d'El-Alamein. Je crois que je vais garder une ou deux bonnes copines. Entre deux cadavres, ça vous remonte le moral.

— As-tu commandé quelque chose ? s'inquiéta Higgins.

— Pour ça, oui ! Et j'ai tapé dans l'œil de

l'aubergiste. Moi, je vais me régaler avant de repartir pour Londres. On vient de me signaler le suicide d'un fabricant de nouilles qui s'est tiré deux balles dans le dos. Les gens ne savent plus quoi inventer pour se rendre intéressants.

⁂

La vieille Bentley du superintendant s'en donna à cœur joie sur les petites routes du Kent, éclairées par un petit soleil réapparaissant entre deux averses. Avec ses bois, ses haies, ses rivières, ses vergers, ses vallons, et ses champs de houblon, le comté de Kent méritait bien son titre envié de « Jardin de l'Angleterre ». On avait envie de longer la côte, d'explorer les North Downs ou les hautes terres du Weald, mais Higgins et Marlow avaient une destination précise : la région des marais de Romney Marsh.

La petite église et le presbytère, datant du Moyen Âge, se fondaient dans un bouquet d'arbres protecteurs ; sur le pré d'une verdeur réconfortante, des moutons couchés et ensommeillés, goûtant le temps qui passait plus lentement qu'ailleurs.

— Pourquoi cette visite ? s'étonna Scott Marlow.

— Le cas de l'organiste Philip Davies me paraît particulièrement intéressant.

— Il ne fait pas partie de mes trois principaux suspects.

— Vous avez peut-être raison, superintendant ; une simple vérification nous le confirmera.

L'endroit était d'un tel calme que l'ex-inspecteur-chef se serait volontiers assis à côté d'un mouton pour écouter pousser l'herbe ; mais il devait répondre aux exigences d'une enquête qui se révélait beaucoup plus difficile que prévue.

La petite église était fermée ; le vieux portail de bois conservait la trace des pieuses mains des pèlerins qui, autrefois, l'avaient poussé pour découvrir le lieu de culte. Faute de bras pour tirer la corde, la cloche demeurait muette et ne rythmait plus les heures de la journée.

— L'endroit semble abandonné, constata Marlow.

— Il y a au moins un berger.

— Je n'ai vu personne dans les parages ; allons au presbytère.

Les deux policiers marchèrent lentement, à la manière des pèlerins d'autrefois, sachant d'où ils venaient et où ils allaient.

Le presbytère était un bâtiment trapu, aux fenêtres ogivales ornées de vitraux rouge et bleu ; tout près de l'entrée, un puits.

Marlow utilisa le heurtoir en forme de tête de lion.

— Il y a quelqu'un ?

— Une voix chevrotante répondit.

— Qui est-ce ?

— Scotland Yard.

— Qu'est-ce que vous voulez ?

— Vous poser quelques questions.

— Je suis un vieil homme et je ne vous connais pas.

— Scotland Yard a besoin de vous, dit Higgins, rassurant ; nous ne vous dérangerons que quelques minutes.

— C'est sûr ?

— Vous avez ma parole.

La porte du presbytère s'ouvrit en grinçant ; apparut un visage hirsute, datant d'un autre âge.

— Êtes-vous le gardien ? demanda l'ex-inspecteur-chef.

— Le curé est mort, le sacristain aussi, le berger aussi... Il n'y a plus personne, ici. Alors, je m'occupe de tout. Auparavant, je m'occupais du foin et des outils. Moi, je n'ai pas voulu aller à la ville. Vous n'allez pas m'obliger à quitter le presbytère ?

— Nous n'en avons nullement l'intention, poursuivit Higgins avec un bon sourire.

— Ah bon... Alors tout va bien. Vous voulez entrer ?

— Si vous n'y voyez pas d'inconvénient.

La porte s'ouvrit plus largement, laissant le passage aux deux policiers.

L'intérieur était coquet : dallage ancien, murs de vieilles pierres, grande table de chêne, tabourets à trois pieds, buffet contenant de la belle vaisselle.

— Vous voulez vous asseoir ?

— Une fois encore, nous ne souhaitons pas vous importuner.

— Oh, vous savez, je ne vois jamais personne... Et les moutons, ils disent toujours un peu la même chose. Alors, une visite, ça me fait plutôt plaisir. Du moment qu'on ne veut pas m'emmener à la ville...

Le gardien sortit trois petits verres et une bouteille à moitié vide.

— C'est de la prune que je distille moi-même. Elle dissout les mauvaises graisses et fait vivre vieux. Un petit verre tous les jours, et vous n'avez pas d'idées noires.

Scott Marlow apprécia; cette prune-là valait le déplacement, à condition d'avoir un tube digestif sans le moindre trou.

— Elle est bonne, hein ? On ne sait plus faire ce qui est naturel, aujourd'hui... Enfin... Ce n'est pas moi qui changerai le monde. Qu'est-ce que vous vouliez me demander au juste ?

— Nous menons une enquête à propos d'un certain Philip Davies.

— Philip Davies... Connais pas.

Higgins ouvrit son carnet noir à la page sur laquelle il avait dessiné un portait précis de l'organiste.

— Cet homme est Philip Davies ; il prétend avoir résidé ici, dans ce presbytère.

— Quelle blague ! s'exclama le gardien. À part le curé, le sacristain, le berger et moi, personne d'autre n'a résidé ici.

## CHAPITRE XXXIV

Dès leur retour à Canterbury, Higgins et Marlow se rendirent à la chambre des métiers où ils furent reçus par un fonctionnaire en costume sombre et au regard absent.

— Que puis-je pour vous, messieurs ?

— Nous aimerions connaître la liste des chantiers sur lesquels a travaillé le chef de travaux Nataniel King, dit Higgins.

— C'est extrêmement délicat.

— Scotland Yard pourrait intervenir d'une manière plus brutale, précisa Scott Marlow ; mais nous sommes pressés. Ne serait-il pas plus simple de nous entendre entre gens de bonne compagnie ?

Le fonctionnaire parla plus bas, comme si quelqu'un pouvait l'entendre.

— Agissez-vous dans le cadre de l'enquête sur... le crime dans la cathédrale ?

Higgins s'exprima à voix basse.

— Confidentiellement, oui ; mais ne le répétez à personne.

— Entendu.

— Pouvons-nous compter sur vous ?

— Un moment.

Les deux policiers ne patientèrent pas longtemps ; le fonctionnaire revint porteur d'un épais dossier.

— Belle documentation, apprécia Higgins.

— M. King avait présenté un dossier très complet pour obtenir la restauration de la cathédrale. Consultez-le, mais prenez garde à ne pas déclasser un seul feuillet. Je suis très pointilleux sur la bonne tenue de mes dossiers.

Avec ordre et méthode, l'ex-inspecteur-chef examina la documentation.

— Voici ce que j'espérais, dit-il à Marlow, après une demi-heure de recherche.

— De quoi s'agit-il ?

— Nataniel King a travaillé à Oxford.

— Il y a beaucoup de vieilles demeures à restaurer, là-bas.

— En effet, mais celle du révérend Bryan Johnson nous intéresse au premier chef.

— Vous voulez dire...

— Que Nataniel King a travaillé chez la victime, qu'il a prétendu ne pas connaître. Et si je ne m'abuse, il fait partie des trois principaux suspects.

— Il n'était pas mon favori pour le meurtre, je l'avoue, mais il ne nous reste plus qu'à l'arrêter.

— N'allons pas trop vite en besogne, superintendant.

— Ne venez-vous pas de convaincre King de mensonge ?

— C'est bien possible.

— Mais enfin, Higgins !

— Plusieurs détails m'intriguent encore.

— Le mensonge de Philip Davies, par exemple ?

— Impossible de l'omettre, en effet.

— Il est tout de même moins grave que celui de Nataniel King ! Ce lien direct avec la victime est plus que significatif.

— Sans doute, mais il ne faudrait pas oublier les soupçons qui pèsent sur un autre suspect, Chester Rockson.

— Que peut-on lui reprocher ?

— Un détournement de fonds provenant du pèlerinage.

— Grave accusation, Higgins.

— Amélia Keates n'apprécie guère cette manière de faire du commerce, Philip Davies considère Rockson comme un affairiste et fait état de rumeurs à propos de sa malhonnêteté.

— Sa réussite semble pourtant éclatante et contribue au rayonnement de Canterbury.

— Je n'en disconviens pas, mais ce succès pourrait avoir donné de mauvaises idées à Chester Rockson.

— Admettons... Mais quel lien avec le crime ?

— Le pèlerinage est extérieur à Canterbury et attire des pèlerins de divers endroits de l'Angleterre ; Oxford, par exemple. Mais ce n'est qu'un détail ; en fait, le révérend Bryan Johnson pouvait avoir découvert des malversations qui, tôt ou tard, seraient dévoilées et, de son point de vue, finiraient par ternir la mémoire de son saint vénéré, Thomas Becket. Supposons qu'il soit venu à Canterbury pour sermonner Rockson et que ce dernier, pris de panique à l'idée d'être dénoncé, ait choisi la plus brutale des solutions.

— Une hypothèse compliquée, jugea Marlow.

— C'est une affaire compliquée, superintendant, beaucoup plus compliquée qu'il n'y paraît.

— Vous songez à la complicité de plusieurs criminels, n'est-ce pas ?

— Je ne sais pas encore ; assurons-nous de l'honnêteté de Chester Rockson, voulez-vous ?

***

Vérifier les comptes du pèlerinage n'était pas chose aisée, mais Scott Marlow, habitué à traiter des dossiers complexes, déploya une belle ardeur. Il consulta le comptable de l'archevêché qui lui ouvrit ses livres, interrogea les aubergistes, les organisations de voyages et les marchands de souvenirs, et recueillit de nombreux témoignages sur les activités de Chester Rockson.

Exténué, il se rendit au pub du centre-ville auquel Higgins lui avait donné rendez-vous à vingt heures trente. Du bœuf braisé et une tarte à l'oseille, accompagnés d'une bière brune qui tenait au corps, composaient un dîner passable.

— Résultat de vos investigations, mon cher Marlow ?

— Rockson n'est pas un simulateur : il travaille vraiment sur le terrain et ne ménage pas sa peine. Le pèlerinage, c'est son affaire.

— Des soupçons sur son honnêteté ?

— Non, il est très populaire et aucune rumeur ne circule à propos d'une malversation qu'il aurait commise.

— Seuls Philip Davies et Amélia Keates ont donc une mauvaise opinion de lui.

— J'appellerai plutôt ça de la malveillance ! L'un et l'autre ne cherchaient-ils pas à orienter les soupçons vers le chef du pèlerinage ?

— Hypothèse intéressante.

— Encore un mensonge de Philip Davies ! Et vous, Higgins, avez-vous abouti ?

— J'ai consulté mon ami Watson B. Petticott, à la banque d'Angleterre, afin de connaître l'état du compte bancaire de Chester Rockson. Contrairement à ce que je supposais, il n'en possède pas plusieurs et ne dispose d'aucune fortune personnelle. Son salaire couvre ses dépenses, et il a pris des crédits pour sa voiture et du mobilier.

— Autrement dit, Chester Rockson est parfaitement honnête et ne tire aucun profit illicite de son activité.

— Exact, superintendant.

## CHAPITRE XXXV

Au sortir du pub, Marlow se heurta à Vanessa Marlott, en proie à une exaltation visible.

— Je voudrais... je voudrais vous parler !

— Avez-vous réfléchi, mademoiselle ? demanda Higgins avec douceur.

— Oui, je n'ai pas cessé depuis des heures... Et j'ai pris la décision de tout vous dire. Mais pas ici... Allons vers la cathédrale. J'espère que Dieu me pardonnera.

Scott Marlow éprouva une satisfaction mêlée de tristesse. Il avait donc vu juste : la grande femme rousse était bien l'assassin du révérend Bryan Johnson, mais elle lui semblait de plus en plus sympathique, bien qu'elle jouât ce rôle ridicule de voyante.

Les deux policiers et Vanessa Marlott se promenèrent dans l'allée qui longeait le flanc sud de la cathédrale, en direction de la Couronne, cet étonnant appendice architectural qui semblait ajouté à l'abside et venait terminer l'immense corps de pierre.

L'ex-inspecteur-chef n'interrogea pas la voyante, préférant lui laisser l'initiative de sa confession.

— Je vous avais avoué qu'il m'était impossible d'être totalement sincère, inspecteur.

— Je l'avais compris, mademoiselle.

— Compris... Vraiment? Je crois que vous êtes un homme bon, inspecteur.

— Je tente simplement de découvrir la vérité.

— Vous avez donc admis que je devais me taire.

— Si vous ne respectiez pas vos clients, vous ne seriez pas digne de faire votre métier.

— C'est cette exigence qui m'a guidée, en effet.

Scott Marlow était perplexe; pourquoi Vanessa Marlott tardait-elle à avouer son crime? Il suffisait de quelques mots pour soulager sa conscience.

— Et vous avez décidé de briser votre propre loi.

— Oui, inspecteur, répondit la grande jeune femme rousse, émue; il y a eu crime, me taire serait une faute grave. Déjà, elle m'empêche de dormir.

— L'un des suspects était votre client, n'est-ce pas?

— Vous l'aviez deviné?

— Grâce à vous, mademoiselle.

Vanessa Marlott s'immobilisa.

— C'est si difficile... Mais je dois le dire... Philip Davies m'a consultée.

Le superintendant fut abasourdi.

— Il... il croit à la voyance?

— Philip Davies était très inquiet.

— À quel propos? demanda Higgins.

— Son avenir professionnel.

— Que redoutait-il?

— C'est difficile, si difficile...

— Vous avez commencé, mademoiselle, il faut continuer. Dans l'intérêt de la vérité.

— Vous avez raison, inspecteur... Philip Davies craignait d'être licencié, parce que sa manière de jouer de l'orgue ne plaisait pas à tout le monde. On lui reprochait d'être trop bruyant, trop saccadé et de ne programmer que du Bach. Certains auraient préféré une musique plus... entraînante.

— Avait-il reçu des mises en garde officielles ?

— Non, de simples remarques.

— Et qu'avez-vous vu, à son sujet ?

— Rien du tout. Il existe des personnes et des sujets auxquels je suis insensible ; c'était le cas.

— L'avez-vous rassuré ?

— Oui, bien sûr ; en lui redonnant confiance, j'espérais lui procurer un atout important dans le combat qu'il aurait à mener.

— Comment a-t-il réagi ?

— Il a paru réconforté.

— Vous a-t-il fait d'autres confidences ?

— Non, inspecteur.

— Vous m'avez vraiment tout dit, mademoiselle ?

— Oui, inspecteur.

***

Scott Marlow n'en démordait pas.

— C'est elle, Higgins ; elle est coupable et invente n'importe quoi pour tenter de nous induire en erreur.

— Possible.

— Imaginez-vous un organiste, musicologue de surcroît, faire confiance à une voyante ?

— De nombreux hommes politiques et même des

scientifiques ont recours à la voyance pour tenter de connaître leur avenir.

— Dans quelle époque vivons-nous !

— Rien de nouveau sous le soleil, superintendant.

— Tout de même, cette Vanessa Marlott... Elle tente de nous enjôler !

— Ne la croyez-vous pas sincère ?

La question embarrassa Scott Marlow.

— Ça m'ennuie de vous l'avouer... Mais c'est mon sentiment, en effet.

— Beaucoup d'indices négatifs s'accumulent sur la tête de Philip Davies, remarqua Higgins.

— Cette accumulation me gêne.

— Pourquoi, mon cher Marlow ?

— Quelqu'un ne cherche-t-il pas à le faire passer pour coupable ?

— C'est lui-même qui a menti.

— Ce malheureux révérend ne menaçait quand même pas sa carrière de musicien !

— Pourquoi nous a-t-il dissimulé la vérité ?

— Un interrogatoire serré nous permettrait peut-être de le savoir.

— Ce n'est pas à exclure... Mais quelqu'un d'autre a reconnu qu'il ne disait pas toute la vérité. Comme Vanessa Marlott, il a eu le temps de réfléchir.

— Vous pensez à...

— Au révérend Winston Silvester.

— Vous n'imaginez quand même pas qu'un homme de Dieu...

— Dieu a conseillé à une voyante de dire la vérité ; pourquoi n'aurait-il pas convaincu un révérend d'agir de même ?

D'un pas ferme, Higgins entraîna son collègue vers les locaux de l'archevêché.

— Il faut être extrêmement prudent, estima Marlow ; ce théologien n'est pas n'importe qui.

— Avez-vous noté un détail surprenant, à son propos ?

Le superintendant fit appel à son excellente mémoire.

— Personne ne le connaît, sauf...

— Sauf ?

— Sauf Philip Davies ! Vous allez finir par me convaincre, Higgins.

— Ce n'est pas mon intention, superintendant.

— N'êtes-vous pas persuadé de sa culpabilité ?

— Pour le moment, je ne suis certain de rien.

— Nous n'avons pas assez travaillé sur le plan de la cathédrale et sur l'emplacement où se trouvaient les suspects ; il y a forcément des indications majeures à recueillir. L'assassin a menti, et nous devons pouvoir l'identifier grâce aux recoupements des témoignages.

— J'avais cet espoir, reconnut Higgins, mais il s'est évanoui. L'assassin a compté sur la confusion et l'émotion, et il a eu raison.

— C'est bien ce que je craignais.

— Souhaitons qu'un homme d'Église nous apporte la lumière.

# CHAPITRE XXXVI

La chambre attribuée au révérend Winston Silvester ressemblait à une cellule de moine. Son seul décor était la reproduction d'un tableau de Fra Angelico, l'alchimiste des couleurs.

— Je n'ai pas grand-chose à vous offrir, messieurs, à part ces deux modestes chaises.

— C'est amplement suffisant, dit Higgins, qui nota la présence d'une lueur malicieuse dans le regard du théologien.

— Ce séjour est pour moi une cure de jouvence, déclara Winston Silvester ; le dépouillement, la solitude, le silence... Existe-t-il meilleures conditions pour oublier un peu la théologie et prier Dieu ?

— Ces conditions vous ont-elles permis de réfléchir à l'enquête criminelle ?

Derrière les petites lunettes rondes, le regard se durcit.

— Eh bien... La chose est délicate. De votre point de vue, il est indispensable de découvrir l'assassin.

— Et du vôtre, révérend ?

— Du mien, c'est très important...

— Mais moins important que de préserver la réputation de l'Église.

— Il y a du vrai, inspecteur, mais je m'interroge sur le bien-fondé de cette démarche.

— Le malheureux révérend Bryan Johnson avait donc commis un acte répréhensible contre l'Église ; vous le saviez, et vous tentez de le protéger tout en protégeant la hiérarchie.

— Votre jugement est un peu abrupt, mais ne manque pas d'intérêt.

— Quelle faute avait commise Bryan Johnson ?

Le révérend Winston Silvester essuya nerveusement ses petites lunettes.

— Si j'accepte de vous en parler, c'est parce que sa... bévue n'a aucun rapport avec le crime.

— Auriez-vous mené votre propre enquête ?

— En effet, inspecteur.

— Nous sommes impatients de vous entendre ! intervint Scott Marlow, qui n'admettait pas que l'on empiétât sur le terrain de Scotland Yard.

Le théologien se détourna pour ne pas avoir à subir le regard des deux policiers.

— L'espèce de testament rédigé par mon malheureux ami Bryan est un document authentique. Ses signatures symboliques prouvent qu'il se prenait pour l'archevêque qu'il ne serait jamais et pour Guillaume le Conquérant, à ses yeux un justicier reprenant le terrain conquis par les infidèles. Bryan se sentait investi d'une mission sacrée, au point d'en perdre le sens commun.

— Ne se prenait-il pas aussi pour Thomas Becket ? demanda Scott Marlow.

— Non, le grand martyr demeurait pour lui un

modèle, mais il ne s'identifiait pas à lui. Au passage, je vous rappelle l'existence du manuscrit qu'il avait terminé et que personne n'a retrouvé à Oxford, dans ses papiers personnels.

— Merci d'avoir fait procéder à une fouille en règle, dit Higgins avec un léger sourire ; je savais que vous vous acquitteriez de cette tâche.

Le théologien ne releva pas.

— Connaissez-vous le *Crockford Clerical Directory*, inspecteur ?

— N'est-ce pas le *Who's Who* du clergé anglais ?

— Si, en effet.

— Chaque nouvelle édition comporte une préface, si je ne m'abuse ; un texte attendu et remarqué.

— Ce texte possède une particularité, ajouta le révérend Winston Silvester : il n'est pas signé.

— Un anonymat pratique, je suppose ?

— Surtout si le texte comporte certaines critiques contre la hiérarchie. Bryan aimait profondément l'Église et n'avait d'autre but que de la servir ; mais il n'approuvait pas ce qu'il considérait comme des dérives laxistes et modernistes. Nous en avons souvent parlé, et j'ai tenté, en pure perte, de le convaincre qu'il fallait vivre avec son temps et ne pas refuser l'inévitable évolution de la société. Il me forçait, moi, un théologien, à parler parfois comme un hérétique.

— Le révérend Bryan Johnson, dit Higgins, a donc pris la décision, en son âme et conscience, de rédiger une préface pour le *Crockford Clerical Directory*.

— Oui, inspecteur.

— A-t-elle disparu, comme son manuscrit sur Thomas Becket ?

— Non, elle va paraître dans son intégralité.

— Est-ce une sorte de bombe?

— Le terme n'est pas trop fort. Bryan a jugé bon de faire une sévère critique des positions prises par le chef de l'Église anglicane, l'archevêque de Canterbury. Il les juge non conformes aux dogmes et dangereuses pour l'avenir de la chrétienté. Ce n'est pas un simple mouvement d'humeur, mais un réquisitoire solide et argumenté qui laissera des traces.

— Le principal personnage visé est l'archevêque de Canterbury, constata Marlow, estomaqué.

— Pas le principal, rectifia le théologien : le seul.

— Mais alors...

— Une horrible pensée vous traverse l'esprit, n'est-ce pas? Elle a traversé le mien, aussi, c'est pourquoi j'ai tenu à mener ma propre enquête.

— Quel est son résultat? demanda Higgins.

— Au moment du crime, l'archevêque était en réunion avec une dizaine de collaborateurs, dont des laïcs. Cette réunion de travail ne s'est interrompue qu'au moment où le sacristain est venu lui annoncer le drame. L'archevêque est hors de cause.

Marlow poussa un soupir de soulagement.

— Ce n'est pas tout, messieurs.

Le superintendant redouta un nouveau coup de théâtre, cette fois catastrophique.

— Même avant sa parution, la préface a fait grand bruit, et les journalistes les plus fouineurs ont voulu savoir qui en était l'auteur. Le *Daily Mail* s'est montré particulièrement acharné.

— A-t-il réussi?

— Je ne le crois pas, superintendant; pourtant, il avait offert une forte somme à l'auteur s'il acceptait de révéler son identité.

— Les dollars ! dit Marlow à Higgins.

— J'ai passé un certain nombre d'appels téléphoniques, révéla le théologien, avec la discrétion nécessaire. Le journal n'a versé aucune somme à quiconque, car aucun auteur ne s'est manifesté. Bryan ne recherchait ni gloire ni publicité ; il ne songeait vraiment qu'à la grandeur de l'Église qu'il aimait de tout son cœur. Jamais il n'aurait accepté un seul *penny* en échange de son texte.

***

Higgins entra seul dans la cathédrale de Canterbury.

Par honnêteté intellectuelle, il n'avait pas caché à Scott Marlow qu'il n'était pas parvenu à identifier l'assassin du révérend Bryan Johnson. Il n'avait pas obtenu cette certitude fondée soit sur une intime conviction, soit sur des preuves que rien n'ébranlerait. Certes, il avait de nombreux soupçons sur tel ou tel suspect, mais ses raisonnements se terminaient en impasse.

Le superintendant, dépité, avait pris la décision d'interroger plus à fond Vanessa Marlott, Philip Davies et Nataniel King. Avec un peu de chance, l'assassin finirait par avouer. À moins que le crime n'ait été perpétré par plusieurs personnes et que leur complicité fût indémontrable.

La cathédrale était déserte et silencieuse. Le froid de la mort n'en avait pas encore été chassé.

Un détail avait échappé à l'ex-inspecteur-chef, un détail qui l'aiderait peut-être à déchirer le voile qui masquait la vérité. Il l'avait vu, mais n'en avait pas tiré toutes les conséquences. Il alla s'asseoir dans le chœur et feuilleta ses notes, espérant y trouver ce qui lui manquait pour découvrir le mobile du crime et son auteur.

Sa lecture achevée, Higgins retourna sur les lieux du crime. Le hasard n'avait joué aucun rôle, il en était certain. Mais comment relier certains faits les uns aux autres ?

L'ex-inspecteur-chef leva les yeux et regarda les vitraux consacrés aux miracles de Thomas Becket. Les miracles, des épisodes extraordinaires, des moments caractéristiques de la vie du martyr, de petits drames quotidiens...

Et la lumière se fit.

## CHAPITRE XXXVII

Alors que le soir tombait, une belle lumière, filtrée par les vitraux, éclairait la chapelle de la Trinité. Suivant le superintendant Marlow qui avait emprunté le bas-côté sud, les suspects se dispersèrent autour de Higgins, qui se tenait à l'endroit précis où le révérend Bryan Johnson avait été assassiné.

Dans sa redingote rouge vif en laine, Amélia Keates était frigorifiée ; Chester Rockson affichait sa carrure athlétique et son air farouche ; Tracy Richard, avec ses cheveux longs et ses vêtements chamarrés, semblait fragile et perdu ; le docteur en théologie Winston Silvester portait un costume noir et regardait autour de lui d'un œil curieux ; Vanessa Marlott, élégante, avait caché sa chevelure rousse sous un foulard vert, le grand Philip Davies était raide et compassé dans son costume marron ; trapu, l'air décidé, très à l'aise en chandail gris et en pantalon bleu, Nataniel King semblait tout à fait tranquille.

— Qu'est-ce qui se passe ici ? demanda Philip Davies avec agressivité.

— Nous allons tenter de comprendre pourquoi le révérend Bryan Johnson a été assassiné, répondit Higgins avec calme.

— Pourquoi serions-nous concernés ? interrogea Amélia Keates ; moi, je suis innocente.

— Croyez-vous que l'une des personnes présentes soit coupable ? intervint Nataniel King.

— Ce n'est pas mon affaire.

— Je n'ai pas envie de rester ici, se plaignit Tracy Richard ; j'ai du travail à mon atelier.

— Restez tranquille, recommanda Scott Marlow ; je passerai les menottes à quiconque tentera de s'enfuir ou de faire du désordre.

— Il n'y aura aucun incident, promit le révérend Winston Silvester ; chacun, ici, a conscience d'être l'hôte de la maison du Seigneur et respectera le caractère sacré de ce lieu.

— Dieu vous entende, révérend.

Higgins consulta ses notes.

— Chacun de vous confirme-t-il ses déclarations et, notamment, maintient-il ses affirmations relatives à l'endroit où il se trouvait, dans la cathédrale, à l'heure du crime ?

Tous hochèrent la tête, personne ne prit la parole.

— L'assassin est parmi vous, affirma l'ex-inspecteur-chef ; il s'exprime sous le regard de Dieu, des saints et d'un martyr, Thomas Becket. Peut-être le remords ronge-t-il son âme, peut-être désire-t-il confesser son meurtre.

Higgins ne fondait guère d'espoir sur cette démarche, mais il devait la tenter.

— C'est très irritant, estima Philip Davies ; il

est évident que nous sommes de simples témoins et qu'on veut nous faire porter le chapeau !

— Modérez votre langage, recommanda le révérend Winston Silvester.

— Il faut le comprendre, intervint Chester Rockson ; ce qu'a dit l'inspecteur n'a rien de rassurant et nous met tous dans un sacré état de nerfs ! Oh pardon, révérend !

Le théologien leva la main droite, en un geste apaisant qui pouvait presque passer pour une bénédiction.

Higgins se tourna vers lui.

— Je ne pense pas, révérend, que vous souhaitiez voir notre conversation portée sur la place publique.

Une lueur d'angoisse passa dans le regard du théologien.

— Ce serait déplorable, en effet.

— Et si je devais utiliser les informations que vous m'avez offertes pour élucider ce crime ?

— En ce cas, ce serait différent... Mais ne vous aurais-je pas convaincu, inspecteur ?

Marlow attendit avec angoisse la réponse de Higgins ; et si le théologien était impliqué dans l'assassinat de son collègue ? Sa stratégie, aussi fine qu'ecclésiastique, eût consisté à égarer le Yard en fournissant une piste réelle, mais sans rapport avec le meurtre, afin de faire oublier ce dernier.

— Si, révérend, vous m'avez convaincu.

— En ce cas, il n'est certainement pas nécessaire d'évoquer les déboires de mon malheureux ami Bryan, dont le souvenir demeurera très vivace dans l'Église. Sa foi et son dévouement resteront exemplaires. Quelles que soient les fautes qu'il ait commises, comme tout homme, je suis certain que le Seigneur l'accueillera dans son paradis.

— Puisque vous avez séparé le bon grain de l'ivraie, révérend, vous avez réfléchi à ce drame ; à votre avis, pourquoi a-t-on assassiné Bryan Johnson ?

— Il m'est venu une idée farfelue dont j'ose à peine parler.

— Je vous en prie, insista Higgins.

— Eh bien... Il y avait ce manuscrit, la biographie de Thomas Becket, à laquelle il tenait tant. Mais on n'assassine pas un homme pour lui voler son travail sur un saint mort depuis huit cents ans ! Ce mobile est évidemment absurde... Mais je n'ai rien d'autre à vous proposer.

— Peut-être ne désirez-vous pas assister à la suite de la reconstitution, révérend ?

— Commettrez-vous des... des violences ?

— Je n'en ai pas l'intention.

— Si vous avez découvert la vérité, inspecteur, je désire la connaître. Bryan était mon ami, et je veux savoir pourquoi on l'a assassiné.

— Quelqu'un devrait le révéler.

La tension monta.

Higgins regarda Vanessa Marlott.

— Je devrais dire : quelqu'un devrait l'avoir *vu*.

— J'étais dans la crypte, inspecteur, rappela la grande femme rousse d'une voix mal assurée, je n'ai pas pu assister au drame.

— Je faisais allusion à vos dons de voyance, mademoiselle ; n'êtes-vous pas venue à la cathédrale parce que vous aviez pressenti une tragédie ?

— Certes, mais...

— Vous avez vu l'assassin, n'est-il pas vrai ? Pas dans la chapelle de la Trinité, mais lors d'une de vos visions.

— Non, je vous jure que non... Si j'avais vu l'assassin, je vous l'aurais dit.

— Ne redoutiez-vous pas des représailles ?

— J'estime être une femme courageuse et je n'aurais pas reculé devant la vérité, si la voyance me l'avait offerte.

— Pourquoi dissimulez-vous vos cheveux ?

— Il est bon de respecter les coutumes, inspecteur ; en oubliant ce foulard, j'ai été... provocante. J'espère que le Seigneur me le pardonnera.

— Vous êtes donc croyante ?

— Tout vient de Dieu et tout retourne à lui.

— Et vous n'avez jamais quitté Canterbury ?

— Je vous le confirme ; si ce détail vous paraît essentiel, vous pouvez le vérifier aisément.

— Certaines personnes, ici présentes, sont persuadées de votre culpabilité.

— Ma culpabilité ? C'est... c'est absurde !

— Le témoignage d'Amélia Keates est très précis : d'après elle, vous êtes la dernière personne apparue dans la nef.

— C'est possible, inspecteur, mais je venais de la crypte.

Marlow estima que la voyante se défendait maladroitement ; Higgins n'allait pas tarder à lui porter l'estocade.

— Ne veniez-vous pas de la chapelle de la Trinité, mademoiselle ?

— Oh non, inspecteur ! Je me trouvais bien dans

la crypte. Et je vous jure que je vous ai dit toute la vérité.

Le foulard glissa, découvrant les cheveux roux; Vanessa Marlott le rattrapa d'un geste nerveux. Higgins se tourna vers le chef du pèlerinage.

— Et vous, monsieur Rockson, croyez-vous à la culpabilité de cette femme?

## CHAPITRE XXXVIII

Chester Rockson parut contrarié.

— Je ne connais pas cette dame, pourquoi l'accuserais-je d'un crime ? Il ne s'agit pas d'une plaisanterie !

— Vous avez raison, monsieur Rockson.

— Dites donc, inspecteur, vous n'auriez pas un peu enquêté sur mes activités ?

— Je le reconnais.

— Un aubergiste m'a confié qu'on me soupçonnait de malhonnêteté.

— C'est exact.

L'athlète aux larges épaules ressemblait à un taureau furieux, prêt à foncer sur l'ex-inspecteur-chef.

— Où avez-vous pêché cette idée absurde ?

— Des recoupements.

— Quelqu'un m'a accusé ?

— Votre belle réussite commerciale a suscité quelques jalousies, mais quelle importance ?

— Comment, quelle importance ? On m'accuse d'être un voleur, et ça vous laisse indifférent.

— Oui, monsieur Rockson.

— Et pour quelle raison me traitez-vous ainsi ?

— Parce que vous êtes un homme honnête.

— Ah... Vous vous en êtes quand même aperçu !

— Les résultats de notre enquête sont indubitables.

Le chef du pèlerinage se détendit.

— J'aime mieux ça... Se voir accusé alors qu'on est innocent, ça met mal à l'aise. On devrait s'en moquer, mais quand même... Tout à coup, on ne sait même plus se défendre ! Ce pèlerinage, c'est moi qui l'ai remonté, et j'en suis fier. Il a fallu dépenser de l'énergie, mais le résultat est là. Et il faudra faire encore mieux.

— Je vous le souhaite, monsieur Rockson, mais il me faut revenir au meurtre. Après un examen détaillé des indices, il n'en reste que trois qui pourraient nous aider à découvrir l'assassin : l'arme du crime, un gros os de bœuf, une liasse de dollars, et un badge de pèlerinage en forme de cloche. L'un de vous sait-il quelque chose de précis sur leur provenance ?

— C'est un badge très courant, commenta Chester Rockson ; découvrir l'endroit où il a été acheté ne sera pas facile.

— Nous nous débrouillerons, promit Higgins. Rien d'autre ?

Seul un silence pesant répondit à l'ex-inspecteur-chef qui laissa s'écouler deux interminables minutes, tourna une page de son carnet noir et regarda Amélia Keates

— Êtes-vous satisfaite de vous-même, mademoiselle ?

Les yeux verts devinrent agressifs, la jolie blonde au visage d'adolescente resserra les pans de sa redingote en laine rouge.

— En douteriez-vous, inspecteur ?

— La parole est parfois une arme dangereuse.

— À chacun de savoir la manier.

— Pourquoi avoir répandu de faux bruits ?

Amélia Keates frissonna.

— Ce... ce n'est pas vrai.

— Pourquoi avoir accusé Chester Rockson de malhonnêteté ?

— Vous m'avez mal comprise.

— J'ai bien noté vos propos, mademoiselle.

— Ce monsieur est trop arrogant et trop sûr de lui ! J'ai voulu lui donner une bonne leçon et je ne le regrette pas. Lui, amoureux de moi... C'est ridicule ! Il espérait s'offrir une liaison amusante et se serait vite lassé.

— Comment osez-vous... murmura Chester Rockson, choqué.

— Ne faites pas l'innocent ! Vous n'êtes qu'un coureur de jupons et, avec moi, ce fut un échec. Comme j'ai vu clair dans votre jeu, j'ai décidé de vous punir.

— Admettons, dit Higgins, mais était-il nécessaire de répandre d'autres calomnies sur le compte de Nataniel King ?

Le conducteur de travaux s'insurgea.

— Quels propos a-t-elle tenus ?

— Ah, ça suffit ! s'exclama Amélia Keates. Vous n'aviez pas besoin de tout noter, inspecteur ; de temps à autre, on se laisse aller.

— Je veux savoir ! exigea Nataniel King, furieux.

— Oublions, demanda la jeune femme.

— Reviendriez-vous sur vos propos ? interrogea Higgins.

— J'ai dit n'importe quoi, je le reconnais.

— C'est trop facile, protesta Nataniel King, je veux savoir !

— Pourquoi envenimer vos relations à partir d'une fausse querelle ? Mlle Keates a commis une bévue, elle la regrette ; restons-en là, voulez-vous ?

— Je vous admire sincèrement, Nataniel, déclara Amélia Keates, et j'ai eu tort de vous critiquer par stupide esprit de convoitise. Veuillez me pardonner.

— Bon, d'accord... Continuez à bien travailler, et j'oublierai vite.

La jolie blonde sourit, à la fois gênée et soulagée.

— Vous avez un certain sang-froid, mademoiselle, reprit Higgins, et vous n'êtes guère sensible à l'atmosphère d'un lieu saint comme cette cathédrale.

— Je m'intéresse d'abord et surtout à la sculpture.

— Vous ne manquez pas de force et vous êtes capable de vous battre.

— Vous... Vous n'allez pas évoquer les ragots de Philip Davies !

L'organiste fit un pas en arrière, afin de se soustraire au regard courroucé d'Amélia Keates.

— Vous êtes américaine, rappela l'ex-inspecteur-chef.

— Oui... et alors ?

— Vous avez offert une importante somme en dollars au révérend Bryan Johnson, la transaction s'est mal passée, et vous l'avez battu à mort avec un os de bœuf.

— Moi, battre à mort un homme que je ne connaissais même pas... Une liasse de dollars... Mais pour acheter quoi ? Je ne suis pas riche, je n'ai même pas d'économies... Ce n'est pas moi, inspecteur, ce n'est pas moi !

Des larmes coulèrent sur les joues d'Amélia Keates ; pour la première fois, la jolie blonde parut moins glaciale et plus humaine.

— À l'avenir, mademoiselle, ne parlez pas trop vite et ne soyez pas envieuse. D'après les vieux sages, l'envie est un mal mortel.

L'ex-inspecteur-chef se tourna vers Tracy Richard.

[illegible]

— [illegible] pas [illegible] [illegible] comme [illegible]

— Il le sera, [illegible] une sont [illegible]

[illegible] ont exposées dans la presse [illegible]

— Amelia Barnes, [illegible] de la [illegible]

[illegible] et de la [illegible] nous [illegible] est

[illegible] encouragement [illegible] ne cœur [illegible]

Rockson, Philip [illegible] bien, la [illegible].

— Tant mieux.

— Il y a quelques détails [illegible], indiqua [illegible]

[illegible] en consultant ses notes.

— [illegible] à moi [illegible] ?

— [illegible] tout [illegible]

— [illegible] de

[illegible]

# CHAPITRE XXXIX

— N'est-ce pas votre avis, monsieur Richard ?

— Oui, sans doute... Mais moi, je ne m'occupe que de mes sculptures.

— Êtes-vous conscient d'avoir autant d'amis que d'ennemis ?

— Ça ne me préoccupe pas ; quand on a un but dans la vie, les critiques ne vous atteignent plus.

— Pourtant, vous savez que votre souhait ne peut être exaucé.

— Il le sera, inspecteur ; un jour, mes sculptures seront exposées dans la cathédrale.

— Amélia Keates, spécialiste de la sculpture ancienne et de leur restauration, vous apprécie ; c'est un bel encouragement, de même que celui de Chester Rockson. Philip Davies vous aime bien, lui aussi.

— Tant mieux.

— Il y a quelques détails gênants, indiqua Higgins en consultant ses notes.

— Pas à mon sujet, quand même ?

— Je crains que si, monsieur Richard.

— Je n'ai rien fait de mal, affirma le sculpteur de sa voix éteinte et monocorde.

— Vous ne saviez plus où vous vous trouviez dans la cathédrale, au moment du meurtre, rappela Higgins, et vous n'avez vu personne dans la nef, parce que vous étiez perdu dans votre méditation. Est-ce bien crédible ?

— Je ne sais pas, moi, mais ça s'est bien passé de cette manière.

— Vous êtes apparu agité, nerveux, vous vouliez sortir de la cathédrale au plus vite et ne pas demeurer dans la chambre de l'archevêché qui vous avait été attribuée, en attendant l'interrogatoire. Que redoutiez-vous, si vous êtes innocent ?

— Je ne redoutais rien, je voulais retourner à mon atelier.

— Vous êtes canadien, monsieur Richard, et vous pouvez vous procurer aisément des dollars américains.

— Détrompez-vous, inspecteur ! Voilà longtemps que je ne suis pas retourné chez moi, et ma seule fortune se compose de factures à payer, en livres sterling. J'ai de quoi me nourrir et travailler, pourquoi me plaindrais-je ?

— Nataniel King ne vous apprécie guère et vous considère comme un faux artiste, dépourvu de tout talent et bon à jeter aux orties.

— Je me moque de son avis.

— Au point de l'insulter, semble-t-il.

— Normal, non ?

Nataniel King intervint avec rudesse.

— La prochaine fois, petit, tâche d'être poli ; sinon tu tâteras de mon poing !

— Vous osez me menacer !

Scott Marlow s'interposa, craignant un affrontement direct.

— Calmez-vous, messieurs, et rappelez-vous que nous sommes dans une cathédrale.

Tracy Richard et Nataniel King s'écartèrent l'un de l'autre.

— Vous êtes passionné par l'histoire de l'Angleterre, reprit Higgins en s'adressant au sculpteur, vous avez lu Chaucer et vous connaissez tout ce qui touche Canterbury, notamment le nom des assassins de Thomas Becket. Parmi ces derniers, un certain Guillaume de Tracy, qui a donné à ses amis l'ordre de tuer l'archevêque.

— C'est moi qui vous l'ai appris !

— Au risque de vous décevoir, monsieur Richard, je le savais déjà ; et je me suis demandé pourquoi vous vouliez m'orienter dans cette direction.

— Je n'ai rien tenté de tel, protesta mollement le sculpteur.

— J'ai pourtant cru le contraire, avoua Higgins, et je me suis demandé pourquoi vous aviez assassiné le révérend Bryan Johnson.

— Quoi... qu'est-ce que vous dites... Mais je ne le connaissais pas ! Vous n'allez quand même pas m'accuser parce que mon prénom est identique au nom d'un chevalier assassin du Moyen Âge !

— La piste n'était pas inintéressante, mais elle ne m'a fourni aucun mobile. C'est pourquoi j'ai fini par abandonner l'idée de votre culpabilité.

— Ça alors... Si j'avais pensé...

Abasourdi, le sculpteur aux cheveux longs se tassa contre une colonne.

Higgins s'adressa à Philip Davies, très raide dans son strict costume marron.

— Je crois que nous avons beaucoup de points douteux à éclaircir ensemble, monsieur Davies.

— Je ne vois pas lesquels, rétorqua l'organiste d'une voix métallique.

— Vous êtes le seul, dans cette assemblée, à connaître le révérend Winston Silvester.

— Et alors ? Ce n'est pas un délit !

— Ce détail ne m'a conduit nulle part.

— Parfait. Si nous en restions là ?

— Ne soyez pas si pressé, monsieur Davies ; j'ai appris, par Amélia Keates, que vous aviez passé un concours aux États-Unis. Pour vous, un cuisant échec.

— Vous croyez cette harpie ?

— Vous avez la calomnie facile ; faire accuser de crime Amélia Keates et Vanessa Marlott ne vous gênait guère.

— Chacun a le droit d'avoir ses opinions.

— Pourquoi avoir prétendu que vous aviez résidé à Romney Marsh ?

— Mais c'est vrai, je...

— Nous avons vérifié. Un mensonge grossier, monsieur Davies.

Les pommettes saillantes de l'organiste rosirent.

— Oui, entendu, un simple petit mensonge...

— Pour quelle raison ?

— Un réflexe stupide, que je ne m'explique pas moi-même.

— Médiocre réponse, monsieur Davies.

— Vous devrez vous en contenter.

— Certainement pas. Où vous trouviez-vous réellement, puisque vous ne résidiez pas à Romney Marsh ?

— Je... Ici, à Canterbury.

— Vos déclarations deviennent incohérentes, estima Higgins ; de plus, vous avez commis un autre mensonge.

— Non, non, vous vous trompez...

— Continuez-vous à prétendre ne pas connaître Vanessa Marlott ?

— Je...

— Ne vous enfoncez pas davantage, monsieur Davies.

— Bon, d'accord, je l'ai consultée.

— Pourquoi avoir dissimulé la vérité ?

— Dans ma position, c'était gênant d'admettre que je fréquentais une voyante.

— Si vous étiez enfin sincère, monsieur Davies ?

Les petits yeux gris de l'organiste exprimèrent une vive inquiétude.

— Je... je ne comprends pas.

— Vous avez consulté une voyante parce que vous étiez inquiet pour votre avenir, indiqua Higgins ; certains, à Canterbury, jugeaient votre niveau technique insuffisant et souhaitaient votre départ. Il vous fallait donc vous rassurer, une fois de plus.

— Une fois de plus...

— Lorsque vous avez disparu pendant plusieurs mois, avant le concours organisé à Canterbury pour le poste d'organiste, qu'avez-vous fait, sinon suivre des cours de perfectionnement intensif ? Ils vous ont permis de vous doper pour franchir l'épreuve, mais vous n'avez pas réussi à soutenir le rythme nécessaire pour maintenir votre acquis. Vous vivez au-dessus de vos moyens, n'est-ce pas ?

— Je garderai mon poste, j'en suis digne !

— Où aviez-vous disparu ?
— Aux États-Unis, pour un stage intensif.
— Et vous en avez rapporté des dollars.
— Vous n'osez pas imaginer...
— Vous avez beaucoup menti, monsieur Davies.
— Je ne suis pas un assassin, inspecteur !
— C'est exact, reconnut Higgins.

# CHAPITRE XXXX

Higgins s'adressa à Nataniel King, le conducteur de travaux à la barbe et aux cheveux blancs.

— Vous n'êtes pas un homme facile, monsieur King.

— J'ai mon caractère, c'est vrai, et je n'ai pas l'intention d'en changer. On ne peut pas plaire à tout le monde.

— Lors du drame, votre rôle fut essentiel.

— N'exagérons rien, inspecteur ; j'ai simplement tenté de mettre un peu d'ordre pour préserver la dignité du lieu.

— Tous les témoignages se recoupent pour dire que vous vous trouviez dans la nef et que vous avez calmé les esprits.

— J'ai essayé.

— Et si nous formulions une autre hypothèse, monsieur King ?

— Laquelle, inspecteur ?

Scott Marlow ne quitta plus des yeux le robuste quinquagénaire ; à son avis, il n'était pas aussi innocent qu'il en avait l'air.

— Imaginons que votre attitude ait procédé d'une mise en scène, avança Higgins.

— Mise en scène ?

— Vous assassinez le révérend Bryan Johnson, vous courez jusqu'à la nef, vous faites preuve d'un remarquable sang-froid en calmant les personnes qui courent vers vous, affolées par les cris de la victime, mais qui n'ont pas réagi sur-le-champ.

— C'est une histoire absurde, inspecteur !

— Vous nous avez caché un détail de première importance.

— Moi ? Sûrement pas !

— Affirmez-vous toujours ne pas connaître le révérend Bryan Johnson ?

— Je le maintiens.

— Pourtant, nous avons la preuve que vous avez restauré sa maison ancienne, à Oxford.

— Je suis à la tête d'une entreprise, inspecteur ! Il est possible qu'une de mes équipes se soit chargée de ce travail, mais moi, je n'ai jamais rencontré ce révérend !

— Votre mère est bien norvégienne, monsieur King.

La question surprit le conducteur de travaux.

— Euh... oui.

— Vous ne me l'aviez pas dit.

— Pourquoi vous l'aurais-je dit ?

— Connaissez-vous l'histoire de l'archevêque Alphège ?

— Plus ou moins.

— À Canterbury, tout le monde la connaît. Lorsque les barbares venus du Nord, à bord de leurs drakkars, envahirent l'Angleterre, ils massacrèrent et pillèrent. Danois et Norvégiens ne connaissaient que la politique de terre brûlée. L'archevêque Alphège tenta de les arrêter, ils le capturèrent et l'emmenèrent à leur camp de Greenwich, avec l'espoir de toucher une forte rançon en échange de la promesse d'une libération. Le saint homme ne fut pas dupe et refusa de mener les négociations. Dépités, les barbares organisèrent un festin et noyèrent leur déception dans l'alcool. Alors leur vint une idée : massacrer leur prisonnier. Savez-vous de quelle manière ? Avec un os de bœuf.

Un lourd silence succéda à cette révélation.

— Vous connaissiez la victime, monsieur King, vous connaissiez cette ancienne tragédie, votre mère est norvégienne, vous avez réitéré ce crime atroce avec la même arme, sur la personne d'un autre religieux.

— Bien sûr que non ! tonna le conducteur de travaux, hors de lui.

— Vous avez prêté de l'argent à Philip Davies ; ne vous a-t-il pas remboursé en dollars, dollars que vous avez déposés sur le cadavre de votre victime ?

— Je vous jure, inspecteur, que...

— Ne vous donnez pas cette peine, monsieur King. En choisissant cet os de bœuf comme arme du crime, le véritable assassin n'agissait pas au hasard, il était informé de la nationalité de votre mère et du prêt que vous aviez consenti à Philip Davies, et il espérait bien que je remonterais cette piste-là. Mais il a commis une erreur, une toute petite erreur, que je n'aurais sans doute pas remarquée sans les miracles de Thomas Becket.

Comme les autres personnes présentes dans la

cathédrale, Marlow retint son souffle; qui pouvait bien être ce véritable assassin dont parlait Higgins?

L'ex-inspecteur-chef regarda Chester Rockson, le chef du pèlerinage.

— Avez-vous pris conscience de votre erreur, monsieur Rockson?

Les yeux noirs de l'athlétique personnage ne vacillèrent pas.

— C'est vous qui devez faire erreur, inspecteur.

— Dans quel pays avez-vous vécu avant de venir à Canterbury?

— Je suis d'une famille anglaise et je n'ai jamais quitté mon pays.

— Une très vieille famille, en effet, mais vous avez certainement vécu à l'étranger pendant une longue période, et nous n'aurons aucune peine à le prouver. Vous y avez acquis certaines habitudes et une certaine culture qui, quoi qu'on fasse, finissent par remonter à la surface.

— Vous êtes bien mystérieux, ironisa Chester Rockson.

— Quand je vous ai parlé des témoins éventuels de ce meurtre, rappela Higgins en consultant ses notes, vous avez prononcé cette phrase : « Notre Sainte Mère la Terre, les arbres et toute la nature sont les témoins de nos pensées et de nos actions. » Étranges résonances païennes, ne trouvez-vous pas? « Beau proverbe scout », a commenté le superintendant Marlow, m'obligeant à m'interroger sur l'origine de cette magnifique pensée.

— La poésie anglaise, sans plus.

— Non, monsieur Rockson, un célèbre proverbe des Indiens Winnebago. Vous avez vécu longtemps en Amérique du Nord, vous vous êtes imprégné de leur culture et vous citez naturellement leurs préceptes.

— Et quand bien même... Qu'est-ce que ça prouve ?

— Vous êtes devenu le chef du pèlerinage de Canterbury parce que vous aviez un compte à régler avec cette ville, à l'origine des malheurs de votre famille.

— C'est moi qui ai remonté le pèlerinage !

— Avec l'idée bien arrêtée d'avoir les mains libres et de compromettre bientôt l'archevêque, successeur de l'homme que vous haïssiez, Thomas Becket.

— Ridicule !

— Comment les Indiens appellent-ils le dollar, monsieur Rockson ?

— Je n'en sais rien.

— Vous le savez parfaitement : la peau de grenouille verte. Et c'est en contemplant les miracles de Thomas Becket que j'ai compris. Rockson n'est qu'un pseudonyme, et vous appartenez bien à une très vieille famille, celle de Robert de Rochester, ce méprisable garnement qui massacrait de manière sadique de malheureuses grenouilles. Bien que Becket ait sauvé votre ancêtre de la noyade, vous en avez toujours voulu à l'archevêque d'avoir jeté l'opprobre sur votre lignée, en dénonçant la cruauté d'un tueur de grenouilles. Et la situation s'est encore dégradée lorsqu'un brave révérend, Bryan Johnson, s'est adressé à vous, en tant que chef du pèlerinage, pour vous annoncer qu'il venait de terminer un livre sur Thomas Becket. Un livre dans lequel il y avait forcément des révélations désastreuses sur votre famille. L'occasion était trop belle : vous débarrasser de ce révérend, nouveau calomniateur à vos yeux, et créer un épouvantable scandale en assassinant un ecclésiastique là où avait été assassiné Thomas Becket. Vous avez volé son manuscrit, utilisé un os de bœuf qui orienterait les soupçons vers Nataniel King, glissé des dollars dans la poche du mort, afin que ces « peaux de grenouille verte » désignent l'Américaine Amélia Keates, le Canadien Tracy Richard, et peut-être même Philip Davies, si vous étiez informé de son séjour aux États-Unis. Vous avez laissé à votre victime son badge en forme de cloche, de sorte qu'un léger soupçon pesât sur vous, soupçon vite dissipé, puisqu'il s'agissait d'une pièce ancienne que vous ne pouviez avoir vendue. C'est la peau de grenouille verte et le beau proverbe indien qui vous ont trahi, monsieur Rockson. Mais il me reste un point à élucider : que contenait le manuscrit du révérend Bryan Johnson à propos des Rochester ?

L'assassin était rouge de colère.

— Ça, vous ne le saurez jamais ! J'ai brûlé ce texte maudit, et les recherches de ce prêtre démoniaque sont perdues à jamais !

— Je crois savoir, ajouta Higgins : pour tant de cruauté envers des grenouilles, considérées par certains comme symboles de résurrection, une malédiction a dû être prononcée. Et vous en êtes aujourd'hui l'illustration et la victime.

# ÉPILOGUE

La vieille Bentley s'immobilisa à l'orée d'un sentier herbeux.

— Descendons, proposa Higgins.

Bien qu'il n'appréciât guère de progresser sur un terrain plutôt boueux, Marlow n'osa pas protester, tant Higgins avait l'air décidé. L'affaire de l'assassinat du révérend Bryan Johnson semblait bel et bien close, mais l'ex-inspecteur-chef désirait peut-être retrouver un ultime indice pour clore le dossier.

Mais quel indice découvrir dans ce coin de campagne isolé que traversait une petite rivière dont le cours se cachait sous le feuillage d'arbres centenaires ?

— Surtout, aucun bruit, recommanda Higgins.

Les deux policiers avancèrent à pas feutrés, puis s'immobilisèrent dans les hautes herbes, à moins d'un mètre de la rivière.

— Un peu de patience, mon cher Marlow.

Une dizaine de minutes plus tard, elle apparut.

— Là-bas, sur votre droite.

Marlow regarda et vit une jolie petite grenouille

verte, le nez au vent, humant les parfums de la nature.

— Mais enfin, Higgins...

— Il faut toujours rendre hommage à ceux qui nous aident de manière désintéressée, surtout quand on a tenté le tout pour le tout, avec une dose certaine de voyance ; sans cette grenouille, jamais nous n'aurions identifié l'assassin. C'est pourquoi cette visite de politesse était indispensable.

Le batracien se tourna vers les deux hommes, sembla leur adresser une œillade, puis disparut d'un bond.

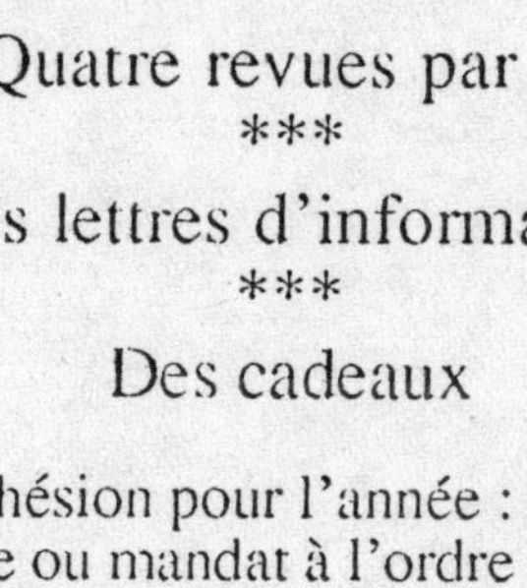

(Page à découper ou à copier)

---

Je souhaite recevoir :

- ☐ Le catalogue complet
- ☐ Les volumes cochés au prix de 32 F l'unité, soit :

....... livres à 32 F = .......

\+ Frais de port (*1 à 3 vol. : 15 F ; 4 vol. et plus : 20 F*) .......

Total ......

Nom : .................... Prénom : ..........................

Adresse : ...............................................

Code postal : ............. Ville : ...........................

Paiement par chèque ou mandat à :
**GDV-VPC BP 260 75264 PARIS CEDEX 06**

*Composé par* EURONUMÉRIQUE *92120 Montrouge*
*et achevé d'imprimer en septembre 1997*
*sur les presses de la Société Nouvelle Firmin-Didot*
*à Mesnil-sur-l'Estrée (Eure)*

— N° d'imprimeur : 39761 —
— N° d'éditeur : DSY 38 —
Dépôt légal : octobre 1997
*Imprimé en France*